藍小說805

白河夜船

吉本・芭娜娜＝著
吳繼文＝譯

CONTENTS
目次

白河夜船

已經有好一段時間了，每當我獨處，就變得非常嗜睡。

一如漲潮，睡意總是自然到訪，而我完全沒有抵抗的能力；它又是那樣深沈，電話的鈴聲也好，外頭的車聲也好，我一概聽不到。在那裡面既不會難過，也不會孤獨，純粹是一個眠夢的世界，此外無他。

只有睜開眼睛醒來的剎那，會感到一絲絲落寞。抬頭看著變暗了的天色，才意識到已經睡了好長一段時間。我迷迷糊糊想到，原本並沒有睡覺的打算，卻一不小心又浪費了一天。在與屈辱無異的深深悔恨當中，我突然心頭一凜。

從什麼時候開始我讓自己睡得天昏地暗，並放棄所有抵抗的……那種無時無刻都能保持精神奕奕、清醒無比的狀態，又是多久以前的事了？感覺上好遙遠，彷彿上古時期的歷史，腦海裡浮現的，無非蕨類呀恐龍等大量繁衍而且極爲活躍的畫面。

但不管怎麼睡，我卻不會錯過愛人的電話。

岩永（Iwanaga）打來的電話，響聲聽起來和別人明顯不一樣；反正我就是知道。彷彿其他各種響聲都是來自外面，而他的電話卻跟戴了耳機的時候一樣，從頭部內側愉快地響起。當我拿起話筒，就會聽到他那低沈已極的嗓音叫著我的名字。

「寺子（Terako）嗎？」

每一次他聽到我說「是啊」，也許聲音裡帶著愣忡，他照例會輕輕一笑，然後問道：「你又睡著了，是嗎？」

平常講話並不怎麼講究的他，語氣突然變得那麼溫柔，或許是太喜歡了，每次聽到我總是覺得整個世界同時也關閉了起來；就好像快門的葉片被放下一樣，眼前什麼都看不見，而他的餘韻繞梁不絕。

好不容易我的意識才回到現實，答道：「對啊，又睡著了。」

之前來的一通電話，時間是在下著雨的黃昏。大雨傾盆的聲音和沈重的天色將整座城市層層圍攏起來，突然電話鈴響起，這時我會強烈意識到，似乎這通電話是維繫我和這個世界的唯一通道。

等他開始跟我約見面的時間和地點時，我就會感到很無聊；我寧願他再問一次我最喜歡的「你又睡著了，是嗎」，這是我眞正想要的安可（encore）。我伸腳在地板上踏出聲音假裝在走路，然後把約定的事記下來。嗯，幾點幾分；知道了，就是哪裡哪裡。

如果現在有什麼人能夠向我保證，我和岩永之間的關係是如假包換的愛情，我將從此放下心來，並爲此跑去跟這個人下跪。或者能夠確定並非如此，我和他的愛很快將成爲過眼雲煙，那麼我渴望像現在一樣昏睡下去，對他的電話鈴聲無知無感；我想立刻變成孤獨一人，與世無涉。

就是在這種不安帶來的疲憊中，和他交往一年半之後的夏天降臨了。

有一句話兩個月來我一直對他說不出口：「我有一個朋友死了。」即使淸楚知道他會全心全意聽我說，可是不知道爲什麼每一次都把話吞了回去。每天晚上，我都告訴自己：跟他說吧，可以跟他說了吧。我總是來來回回踱步，尋找適當的字句。

我有一個朋友死了，你不認識的，一個和我感情極好的女孩，她叫紫織（Shiori）。她大學畢業後，從事非常奇怪的行當，一種細膩的色情工作，算是服務業吧。她一直是個很乖的女孩，大學時代和我住一起，就是我現在住的這個房子。那是非常快樂的一段時光，兩個人充滿自信，每天都有講不完的話，或是整夜不睡，喝得爛醉如泥。不管在外頭有什麼不如意，回到這裡大哭大叫一番，然後當做笑話一件，把它忘得一乾二淨。想起來眞的很過癮。我也常跟她提起你的事，問她一些意見，說說你的壞話，講一些輕易不會告訴別人的隱私等等，總之兩個人之間就是這樣。這，你懂吧？換做是一個男人和一個女人的話，絕對不可能變成這樣的朋友對不對？有時一不小心，還會有一種談戀愛的錯覺呢。當然不是這樣，實在是紫織和我太親了。和她在一起，怎麼說呢，即使遇到生命中再大的壓力，好像立刻就會減半。心情輕鬆自在得很，並沒有刻意爲彼此做什麼；而且不管怎麼貼心，也不會黏得太緊牽扯不清的，而是保持一種恰到好處的距離。有個姊妹淘眞的很好對不對？有一個你，又有一個紫織，那時節煩惱的事儘管不少，想想也不過是小孩扮家家酒一樣，簡直是一段黃金歲月，哪一天不是又哭又笑的？是啊，紫織眞的很好，別人講話的時候，她總是邊聽邊點頭，而且嘴角帶著淡淡笑意，臉上浮現酒渦。可是，紫織還是自殺了。那是在她從這裡搬出去，一個人住進一間豪宅以後發生的，她吞下大量安眠藥，最後死在那間屋子裡面一張小小的單人床上。……她另外有一個接待客人的房間，裡面擺了一張有如中世紀貴族睡的，加了頂篷、柔軟無比而且大得有些誇張的床，卻沒有選擇死在那上面。每一個她的友人都不明白爲什麼會這樣。怎麼說也是躺在那張大床上比較可能上天堂，如果是紫織一定會這麼說。我是接到紫織從鄉下匆匆趕來的母親打給我的電話，才知道紫織的死訊。我和她母親第一次見面，由於和紫織長得好像，讓我忍不住一陣激動。她問我紫織到底從事什麼工作，但我實在說不出口。

這樣說還是不夠淸楚。當我了解到越是想把心裡的話傳達給他，越是教我口中的話語潰不成形，並且迅速在風中消散無蹤，於是到頭來什麼也沒說。採取這樣的表達方式，絲毫不能凸顯眞相；也許唯一說對的，只有「朋友死了」這件事。到底要怎麼說，才能將那種噬心的孤寂傳達出來呢……。

夏日已近，我和他走在夜空下，邊走邊想。當我們走上站前那座巨大的行人穿越橋時，他說：「我明天只要上下午班就可以了。」

成排的車燈閃爍，連結成長長的弧線彎向遠方。突然想到夜晚也是這樣綿長而沒有止境，心中一陣欣喜；甚至把紫織的事也忘得一乾二淨。

「那，今天就到我那邊過夜吧。」趁著興頭上我說。

他一如以往，臉上浮出淡淡笑容，看著前方，說：「好啊。」

突然覺得好幸福。我最喜歡晚上了，喜歡得一塌糊塗，彷彿在夜裡任何事情都可能，讓我了無睡意。

和他在一起的時候，偶爾會看到「夜的盡頭」。對我而言，那是過去從未見過的光景。

倒不是性。在性的交歡中，兩個人之間不會有任何縫隙，一顆心也篤定而沒有猶疑。他是親熱時不發一語的那種人，我覺得他好正經，老喜歡逗他說話；其實我愛極了他的沈默。好像因爲他的緣故，我得以和巨大的夜同床共寢。由於不說話，讓我像是擁抱著一個比他本人還要深沈的眞正的他。一直到放開對方身體準備睡覺爲止，腦子裡面什麼都不用想，只要閉著雙眼，一逕去感受眞正的他就夠了。

通常那是天將要濛濛亮的時刻。

不管兩個人是住在大飯店，或是後車站常見的便宜旅館都一樣。也許是外頭的雨聲或是風聲，我會突然在深夜睜開眼睛。

這時我總是忍不住想看看窗外，於是把窗戶打開，原來暖和的房間裡開始流淌著冷風，而遠處可以看到一閃一閃的星光；或者，靜靜地下起了小雨。

我望著窗外好一會兒，無意間回頭看看身旁的他，沒想到以爲正睡熟的他卻睜著一對大眼睛。我不知道爲什麼一個字也說不出來，一逕沈默地凝視著他。側躺的他照說是看不到外面的，可是他的眼神明亮而清澈，彷彿映現著窗外的聲音或景色。

「外頭怎麼樣？」他以無比平靜的語氣問道。

我會回答他說「下雨了」、「風很大」、「天很晴朗可以看到星星喔」等等。這時就強烈感覺到一種無以言喩的孤獨。爲什麼和他在一起時會如此寂寞？也許是兩人之間存在的複雜狀況有以致之，或者是因爲，除了喜歡跟他在一起這件事之外，關於兩個人的未來我一點把握都沒有也說不定。

唯一可以確定的就是，兩個人之間的情愫，無非建立在悵惘之上。在孤寂的暗黑深淵中，只見兩個靜默的人，因爲感傷而滿懷倦怠，並放棄了抵抗。

那就是我說的「夜的盡頭」。

我原來工作的小公司事情多得做不完，以致根本沒時間跟他碰面，於是沒多加考慮就把工作辭了。無所事事的日子已經過了將近半年之久。白天裡沒什麼要緊事，一整天不過是買買東西、洗洗衣服，很是悠閒。

我存了些錢，雖然數目並不大；倒是他，說我是因爲他而辭職的，所以每個月都把一筆可觀的錢匯進我戶頭裡，這讓我日子過得頗爲寫意。一開始我不免想到「這下子我就是人家的情婦囉」，因而有些躊躇，但也就是一下子；我是那種來者不拒的人，最後還是欣然接受了。或許就是時間多得打發不掉，才會睡得昏天暗地的。像我這種女性全日本到底有幾個我是不知道，不過白天在百貨公司擦肩而過，既不像大學生也不像從事自由業、面無表情的女孩們，說不定就是我的同類。也因此我才知道，我自己也一定是同樣帶著茫茫然的眼神在那邊晃過來晃過去。

一個晴朗的下午，當我又是遊手好閒地在街上漫步時，意外地遇到了一個朋友。

「嘿，最近還好嗎？」說著我向他走了過去。

他是我大學時代的朋友，一個極爲老實而善良的年輕人。紫織曾有極爲短暫的一段時間和他走得很近，還同居了好幾個月。

「很好啊。」他笑著回答。

「到這裡做什麼？公事嗎？」

他穿著一件黑色襯衫配條全棉休閒褲，完全不像是上班穿的，手上除了一個信封也是空空如也。

「對啊！正要送東西去給人家。小姐你看起來還是和過去一樣悠閒得很喔——」

他講話的特徵就是會把語尾輕輕柔柔地拉長。在澄藍的天空下，他笑得好燦爛。

「那倒是，我有的是時間，因爲不用上班咩。」我說。

「挺優雅的呢。」

「那還用說。嘿，你要去車站吧？那我們可以一起走到對過那個街角。」

於是我們並肩而行。

在街上建築物襯托之下，天空的藍不可思議地飽滿，從剛才我就一直有身處異國的錯覺。正午的街道，加上刺眼的陽光，不時會混淆記憶以及其他很多東西；在盛夏更是如此。感覺兩隻手好像被逐漸地烤焦。

「好熱喔。」

「對啊，熱死了。」

「聽說——聽說紫織死了？」他說：「我最近才知道。」

「嗯。她父母大老遠從家鄉趕來，折騰了好一陣子。」

我的回答有些奇怪。

「想必也是這樣。好像，她做的工作很怪，是嗎？」

「也可以這麼說啦。反正世界上什麼樣的生意都有人做。」

「那她的死和工作有關嗎？」

「……天曉得。我想應該不至於吧。」

「哎，這種事也只有當事人自己明白啦。她總是帶著張笑臉，人眞的很好。我很難想像這種人會有什麼活不下去的煩惱。」

「我也不懂啊。」

講完這句話，兩個人陷入一陣靜默，慢慢走下寬廣的坡道。很多車子從我們身邊經過，陽光從正面嘩啦啦兜頭灑下。頭髮溼濡的紫織，剪指甲的紫織，清洗東西的背影，晨光中的睡臉……只剩下我和旁邊走著的這個人，共同擁有和紫織一起住過才會有的記憶。想到這裡，不禁有些驚異不置。

「至於你，是不是還在跟人家搞婚外情什麼的？」突然他笑著問道。

「有人這樣講話的嗎？」我也笑著說：「是啊，還沒分手呢。」

「好歹也談個正常一點的戀愛吧。」他那不帶一點陰影的開朗語氣，反倒讓我感到一陣黯然。「你從以前就一直比身邊的人成熟得多，喜歡的也都是年紀比較大的人。」

「沒錯啊。」我微笑答道。

我對這樁戀情的執著，連自己都嚇一跳，而每次想到兩個人若是吹了，我手腳都忍不住會顫抖起來。不過我從一開始就做了隨時會分手的心理準備，即使如此，不安的情緒依舊蠢蠢欲動。

「那就這樣，有什麼聚會的話別忘了通知一聲。」

走到地下鐵車站入口，他舉起一隻手跟我道別，然後步下微暗的階梯。我站在白花花的陽光下，看著他往地下走去的背影，心中百味雜陳。彷彿心裡面所有明亮的東西也跟著他的背影走遠似的，突然感到一片荒涼。

當年，紫織和他的戀情一結束，馬上搬進我的住處。她家人一直寄生活費給她，而她也喜歡過比較像樣的日子，但不知怎麼的，就是沒辦法在一個地方定下來；每次搬家，又會把書啊、人家送的禮物啊全都丟掉。她的說法是，她無法忍受行李不斷增加。她搬過來的時候，只從他那邊帶來枕頭、毛巾被和背包各一而已。她並不是一個害怕獨處的人，卻老是在朋友們的住處這兒待一陣、那兒窩幾天的，好像這是她的癖好。

「你們爲什麼要分手？」我問她。

「嗯——怎麼說呢，總之……就是……我吃他用他的，不搬出來也不是辦法。」

紫織的回答有夠曖昧。

「你到底喜歡他什麼地方？」我又問她。

「他講話的語氣好溫柔。」說這話的時候，紫織好像有些眷戀地笑著。「可是等住到了一起，我很快就理解，他根本不可能無時無刻都那樣子體貼；反而跟你住比較自在，不管什麼時候你都很善體人意。」

紫織說著又笑了起來。白皙的臉頰，沒那麼濃的眼瞳，棉花糖一般的笑容。那陣子兩個人都還在大學上課，作息時間大致相同，但不管每天同在一個屋簷下多久，都不會有任何摩擦。紫織很快就適應了和我同居的生活，像溶入了空氣一樣自然而不礙眼。

比起男性，或許我本來就比較喜歡女性；和紫織住在一起的時候，我常常有這種感覺，和女同性戀扯不上什麼關係的。她天生是個大好人，我們也都很享受彼此相處的樂趣。她膚色潔白富有彈性，眼睛細細長長的，乳房豐滿；不是一個美人胚子，但舉手投足從容間帶著善意，很容易教人聯想到「媽媽」；總之對我而言她並沒有性方面的魅力。她話不多，女人味很濃，每當想起她，腦海浮現的常常不是她的形體，而是圍繞她四周的那種美好氛圍。她還住在這裡的時候，只要看到她那淡淡笑意，以及眼角深深的魚尾紋，就會有一種衝動，想要把臉埋進她寬闊的胸脯，然後放聲大哭，把所有想說的話宣洩一空：碰到的壞事，所說的謊言，今後的打算，疲憊的心情，忍耐了很久的事，暗夜的惡夢，種種不安，一切的一切，一無保留。那種時刻，也會特別想念父母，故鄉的月，或是掠過田野的風的顏色。

紫織就是那種女孩。

偶然邂逅了那個舊識，教我感到一陣短暫的混亂。在令人頭昏眼花的驕陽曝曬下，一個人回到了家裡。我的房子下午西曬很強，在眩目的光線中我開始收晾乾的衣服，腦子空白一片。白色被單摩擦在臉頰上，洗淨了的棉布散發著好聞的香味。

睡意潮湧而來，我讓陽光像蓮蓬頭的水一樣灑在背上，一邊折疊衣服，一邊吹著冷氣，整個人陷入半睡眠狀態。在這種情況下開始睡午覺最舒服了，好像可以做個金色的夢。我只脫下裙子，就慵懶地爬到床上。最近很少做夢，閉上眼睛很快就沈入了黑甜鄉中。

突然電話鈴聲硬生生闖進眠夢之中將我吵醒。我知道這是岩永打來的，於是起身，看看時鐘，還睡不到十分鐘；若是別人的電話，對我完全不起作用。如果這種直覺也算ESP❶的話，那我就是高段的超能力者了。

「寺子嗎？」

我拿起電話筒，聽到他的聲音傳來。

「嗯，是我。」

「你又在睡覺了對不對？」

他的語氣似乎特別興奮。聽到他的聲音我也感到很愉快，不禁笑了起來。

「我早就起來了。」

「騙人。是這樣的，我想問你，今天可不可以一起吃晚飯。」

「好啊。」

「那就七點半，在老地方。」

「知道了。」

掛上電話，看看房間，依舊靜靜地鋪滿了陽光。每件物品的影子都深深映在地板上，而時間正分分秒秒流逝。我凝視了好一陣子，由於對做任何事都提不起興趣，最後還是躺回床上。這次在睡前回想了一下關於紫織的種種。

剛剛路上巧遇的那個男子，也就是紫織最後的戀人，問我紫織是不是死於「工作」。儘管我答說不知道，但那時心裡也想到這個說法其實有幾分正確。

紫織的整個身心已經被她的工作緊緊纏住，教她毫無保留地投入；這也是她從這裡搬出去的原因。從某個角度看來，甚至可以說從事這項工作似乎是她的天職，沒有人會做得比她更出色。聽說她是經由朋友介紹開始在特殊行業打工，期間被客人相中，終於成爲一個像是祕密俱樂部，不，應該說是奇特色情組織的一員。她的工作是陪著客人「純睡覺」，我第一次聽到時有些不敢置信。

她的雇主同時也是保護者提供了一間公寓，而她工作的房間就設在公寓的樓下。房間裡面擺了一張前面提到的很好睡的大雙人床，我看過就那麼一次。房間的感覺，與其說像旅館，不如說是外國，那種只有在電影裡面才會看到的、如假包換的臥室。紫織就是在那樣的地方，一個禮拜中有幾個晚上陪伴客人一直睡到天亮。

「什麼，完全沒有發生肉體關係？」我問她。

一天晚上，逐漸熱中於工作的紫織對我說她想搬走，改住到和工作地點在一塊的公寓裡去。

「討厭，眞的就是有這種人嘛。」她沒特別解釋，只是笑笑，「反正什麼樣的行業都有人做……說起來也就是所謂供需問題。」

我想不出什麼辦法勸阻她不要搬出去，雖然我很清楚，紫織已經成爲那個不可思議工作的俘虜。「我好捨不得。」我只能這樣說。

「我住的地方只是平常的房間，你有空可以來找我玩嘛。」紫織說。

她還沒開始打包行李，所以對已經成爲房了一部份的她要離去這件事，我仍舊無法想像。兩個人一如以往，坐在地板上，若無其事地看著音樂錄影帶，有一句沒一句地批評曲子好壞或歌手長相等等，直到夜深。和紫織在一起，總覺得時間會奇妙地傾斜，因爲她無比溫柔的臉上，細長的眼瞳常常發出藍月般朦朧幽光。

她將被子鋪在地板上，緊臨我的床，當室內的照明暗下來後，她白皙的手臂在月光中顯得特別醒目。熄燈後的談話，兩個人都恣意馳騁想像。這是我們慣常說話的方式。那個晚上，紫織談到特別多關於她工作的事。黑暗中，紫織微細的講話聲聽起來有如樂音流淌。

「工作中，我不能一整個晚上自顧自的睡，理由很簡單，如果躺在身旁的人半夜醒來，而我卻在那裡呼呼大睡，那我的工作也就沒什麼價值了；或者說，我就太不夠專業了，你知道我的意思？絕對不能讓身邊的人感到孤獨無依。來找我服務的人，雖然都是透過別人介紹，但我知道我的客人每一個都很有來頭。這些人受到極爲敏感而微妙的傷害，身心都處於嚴重疲憊狀態，甚至已經對自己的疲憊麻木不知。你知道嗎，他們幾乎百分之百都會在半夜裡醒過來。這種時刻，我在微弱的亮光中對著我的客人微笑是很重要的。接著，我就遞上滿滿一杯冰水；有時也有人想喝咖啡，那我就得起床到廚房去煮，絕不馬虎。這樣一來，大多數人都會變得平靜安詳，再度熟睡。我常想，是不是我們都渴望有個人什麼都不做單單陪在身邊安睡？我的客人裡面，包括了女性，當然也有外國人。不過我的個性滿我行我素的，所以有時一不小心也會睡得不省人事。……對了對了，躺在這麼疲憊的人身旁，要是隨著對方的節奏同步呼吸，或許可以將對方內心的陰霾吸取出來。一直提醒自己不可以睡著，結果在半睡半醒的狀態中，反而好幾次夢見非常恐怖的景象，有點超現實的，比方夢見自己搭上不斷下沈的船，辛苦收集的錢幣不見了，或是黑暗從窗外飄進，堵塞住喉嚨以致無法呼吸……然後嚇得全身冒冷汗醒來。眞的好嚇人。還有，每次望著身旁熟睡的人，都會覺得同時也看見了這個人內心的風景。當我意識到這是多麼寂寞、哀傷而荒涼的凝視，就會覺得……覺得好恐怖好恐怖喔。」

沐浴在月光中，紫織抬頭仰視正上方。當我看到她眼白部份發出的微光，就會想到「或許這就是紫織的內心風景」，卻無論如何也說不出口。絕對是這樣沒錯，我非常肯定，而這個想法令我泫然欲泣。

夏天已經過了一大半。每次他來到約定的那家店，看到他露在短袖外頭的手臂，都會覺得很刺眼。也許和他是在冬天認識的，他的影像總是離不開大衣和毛衣；兩個人在一起，也總有一種走在北風裡的感覺。我想我一定是瘋了，坐在冷氣開得很強的店裡，外頭是溫度居高不下的熱帶夜，然而心裡面的景象依舊不變。

「走吧。」他發現我的眼光盯著他一路過來，好像感到很驚奇。我還是目不轉睛，臉上毫無表情抬頭看著他，說：「好。」然後站了起來。

不知道爲什麼，每次剛見面時他都會愣上一陣。

「你今天都做了些什麼呢？」他一如以往，若無其事地問道。

「還不是待在家裡……喔，對了，中午意外碰到一個老朋友。」

「男的嗎？幽會哦。」他笑著說。

「對，而且對方還是幼齒的呢。」我也笑著答道。

「我就知道。」他的語氣帶著點彆扭。

兩個人之間只差六歲，但他似乎非常在意；也許是因爲我的外表特別顯得年輕的緣故。如果不化妝就出門，常常會被人家當做高中生，好像大學畢業後我的年歲就沒有繼續增加似的；這多半和我的生活形態有關。

「今天可以從容一點嗎？」

他憐惜地凝視我的雙眼，帶著歉意說道：「今天約好了一定要和一個親戚碰面，不過我們可以一起吃晚飯。」

「親戚？你們家的？」

「不是，是我太太那邊的。」

他最近已經不再隱瞞什麼了，大概他也知道我的直覺神得很。他已經結婚了。

他的另一半，孤獨地躺在醫院病床上，是個失去了知覺的人。

和他開始正式交往時值隆冬，我們開車前往海邊；那是我剛辭掉兼職後的第一個禮拜天，他邀我出去走走。他是我工作上的主管，我早已知道他是個有婦之夫。記得那是好長好長的一天。

現在我終於理解，那一天我自己的內部已經展開某種前所未有的變化。就是那天，我把那個純眞、勇敢的少女留在了某處。並不是什麼明顯可見的改變，然而那天，我們兩個同時被一股難以抗衡的、強大而黑暗的命運之流席捲了進去。那不僅僅是因爲情愛而湧現的感官漩渦，而是比這還要巨大、更爲哀傷，兩個人根本無力抵禦的浪濤。

但不管如何我那時還是充滿明朗而樂觀的想法，整個人精神抖擻，即使連接吻都沒做過，我已經很清楚我喜歡他勝過任何人。他開車沿著濱海的公路一直往前走，那時海非常好看，應和著不斷起伏的粼粼波光，我感覺從身體裡面不斷湧現強大的能量，只覺得幸福無限。

到沙灘上才走幾步，高跟鞋很快就跑進了沙子。不過海風教人感到很舒服，而且還有淡淡陽光灑下。由於天冷不能在外頭待太久，所以浪潮聲更加令人眷戀。突然想起什麼，我仰視他的臉半開玩笑地問他：「岩永太太是什麼樣的人？」

他苦笑答道：「她是植物人。」

眞是太冒失了，不過每次想到我們的一問一答，都忍不住噗哧笑出聲來。

——太太是什麼樣的人？她是植物人。

然而當時可一點都不好笑，我眼睛睜得大大，「哦」了一聲，然後愣在那裡。

「她自己開車出事後，一直住在醫院裡面；已經一年了吧。所以我才可以這樣，禮拜天和別的女孩子約會。」他以輕快的語氣說著。

我將他放在口袋裡面的手拉出來。溫暖的手。我驚訝地問道：「你騙我的對不對？」

「要騙你也不用編造這麼奇怪的故事吧？」

「說的也是啦。」我將他的手包在我的兩手之間，「你是不是常常要去探視她或者在醫院陪她？一定很辛苦吧？」

「不要再談這個話題了。」他眼睛看著別的方向說道：「反正，有家室的人還跟別人談戀愛，即使老婆不是植物人，出來約會也一樣感到壓力非常大。」

「你這種說法一點都不好笑。」說著將他的手移到我臉頰上。耳邊突然聽不到風聲，唯有冬日的氣息迴盪。遠處海面上方，發光的雲溶入天空，呈現紫色調。從他的手指間隙隱隱傳來浪潮喧嘩。

「走吧。」我說：「好冷喔，找個地方去喝杯熱茶吧。」

我的手很自然就要放開，突然他閃電般將我緊緊握住。我嚇了一跳抬起頭來，就看到他那比海洋還深，彷彿可以教人望見無窮遠處的眼珠；我覺得那裡面似乎含藏了所有的訊息。

關於他這個人，關於我們壯烈愛情的開端等等，就那一瞬，兩個人之間的一切讓我一覽無遺。我是在那時才眞正愛上他的。那一瞬間，大海之前，到目前爲止可有可無的態度，剎那轉爲眞正的愛戀。

吃飯的時候，反倒是我比較在意時間。

「現在還不走來得及嗎？」我總共問了三次。

晚上八點以後才去拜訪人家，這種親戚說起來還眞不多見。

「我說沒關係就是沒關係。」他邊說邊笑著故意把中華料理的圓桌多轉了幾轉。

「多吃點多吃點，別的你不用擔心。」

「你再轉我什麼也吃不到。」看著眼前有如旋轉木馬般移動的各式菜餚，我笑得好開心。遠處冷眼旁觀的服務生臉都綠了。

「眞的沒關係，因爲我待會兒開車過去，晚上就住在那邊；我已經跟他們說會晚點下班。他們都是很好說話的人，客氣得不得了。」

「結婚的好處，大概就像這一類事情吧，」我說：「和本來不認識的一些很好的人變成了親戚。」

「你這話，不是在嘲諷什麼吧？」他不安地問道。

「嗯，一點也沒有。」

本來就沒有嘲諷的意思。只不過那些事離得我好遠，完全和我接不上線。

「你太太，也是……很好的人嗎？」我問。

據我的理解，她已經沒有任何恢復知覺的可能了。他告訴我，接下來就看如何和那些親戚溝通，還有就是心意的問題了。

「是啊，她人很好，很有教養，做起事來手腳俐落，很容易掉眼淚。就是比較容易緊張，因此開車很不靈光，才會發生意外。可以到這裡爲止嗎，關於我太太的事？」

「可——以。」我說。

其實我並沒有別的意思，每次都是他自己很在意，想避開這個話題。我喝了帶有杏桃味的甜酒，雖然微醉，卻了無睡意，看到坐在桌子對面的他反而越發清晰。我知道，我們都不是從樹幹蹦出來的。他有父母，而他的太太娘家也有陷入哀傷的爸爸和媽媽。因爲遭逢不幸，並因而衍生的許多現實，醫院、看護、費用、離婚、戶籍、死亡的決定等等……這些事情的確都存在。

有時，我眞想明白告訴他，所有這些我都了解；眞的很想說出來。我知道說出來的話他將非常震驚，並且會胡思亂想。

我說，你對這一切事情，都想完全承擔下來對不對？一直到最後都不逃避，而且你也喜歡被人依賴的感覺，嗯？但是你並不是爲了誰而這樣做的，只是爲了自己能心安理得。完美主義的你，一心只想貫徹你自認最瀟灑的做法，並且把對妻子的愛巧妙地放進其中。還有，我也知道那些都不關我的事，但目睹你的瀟灑行徑，使得我無法再把那些事當做與己無涉；我的這種惻隱之心和裡面包含的無奈，我自己也明白得很。在我看來你的作爲其實很冷酷，沒錯，但相信你也很清楚吧，我就是喜歡；對於你所做的一切，我喜歡得不得了，……對，看樣子在不知不覺間我也完完全全被捲了進去。

只要想法走到那個地步，就變得什麼都不想說，每次都這樣。因此也一直波濤不興，兩人世界就停留在平靜的狀態。他和那些親戚每天都要碰觸到人的生死，彼此給對方鼓勵，只有我不發一語，扮演情人的角色，度過每一個晨昏，而岩永太太繼續沈睡。

於是從開始的時候，我的腦海裡就一直浮現「我們的愛情一點都不眞實」的念頭，那種說法難免給人一種不祥的預感。好像他越是疲憊，就越是將我放在一個極度遠離現實的所在。所以儘管他從來沒有明白表示過，但我覺得他下意識一定希望我儘可能不要出去工作，無時無刻都待在家裡，安安靜靜地過生活，見面的話就像是兩個夢中的幽靈在街頭相逢；讓我穿著華美的衣裳，不管哭笑都只是輕描淡寫。不，由於我清楚感受到他內心深處疲憊的暗影，因此這不完全是他一個人的心願，我自己也很希望這樣。兩個人互相體貼地守望著對方的孤獨，而這就是我們的愛了。所以說，如今的狀況算是不錯的；至少到目前爲止。

「我開車送你回去，好嗎？」我們走出餐廳前往停車場時，他說。

「我眞的好喜歡聽你說『什麼什麼好嗎』的語氣。」我說。

「真的嗎？」他笑了。

「哎呀，兩種語氣可不太一樣喔。」我也笑了，「時間還早，我自己走回去就好了，順便醒醒酒。」

「這樣啊。」聲音帶著輕微黯然。黑暗中他的表情特別顯得蒼老，而整齊排列的車子看起來一片死寂。小小一個停車場，卻好像天涯海角。每次要分手多少都會產生那種感覺。

「突然覺得你好老。」我半開玩笑說道。

他坐進車子裡，一臉認真地說道：「人一累，就昏頭轉向、不知所云，我想這都是時間早晚的問題吧。這樣說實在很不禮貌，但我必須承認，我現在完全沒辦法考慮未來。」

他像是在自言自語。

「嗯，我都知道，你不要再說了。」我有些慌亂地說道，然後幫他關上車門；我不想再聽什麼了。一個人走在夜晚的道路上，他按了一下喇叭，經過我身邊，然後走遠。我笑著揮手，像赤郡貓❷一樣，只剩下一張笑臉掛在黑暗之中。

不管身邊有沒有一個心愛的人，我都很喜歡帶著醉意走在夜晚的路上。月光普照街頭，大樓的陰影相連直到遠處。我的腳步聲和遠方的汽車聲疊合在一起。都市深夜的天空意外地明亮，教人難免不安，但也有些許心安。

腳步自然而然地朝住處前進，但我知道我一點也不想回家。是的，我想去紫織住過的地方；像這樣的夜晚，我習慣去探視紫織。我不是去她工作那個房間，而是她私人住處。不知道是醉酒的關係，還是睡過頭的緣故，我很清楚我記憶和現實的界限已經開始混淆。最近的我有些奇怪，即使是現在，只要搭上紫織公寓的電梯去看她的住處，老覺得一定會碰到她。

是的，以前每次在感到有些寂寞、有些失落的約會之後，我常常跑去找紫織。

即使沒什麼狀況，和岩永在一起，就是莫名其妙會感到空虛。不知道爲什麼，總是帶著淡淡的哀傷，彷彿沈入藍色夜晚的深處而想念著天邊發光的月；好像全身都暈染成藍色調直到指尖。

和他在一起，我就成了一個沈默的女人。

不管我怎麼跟紫織說，她還是不相信平常饒舌的我會變成這個樣子，但是在岩永旁邊，我都只有聽話和點頭的份。當「說話」和「點頭」的配合達到藝術的境界，開始取得絕妙平衡時，我突然意識到這像極了紫織所做的事；記得我曾經告訴她我的感覺。

「我搞不懂的是，每次睡在他旁邊，都覺得好像處於臘月隆冬。」

「哎呀，那個我知道我知道！」紫織說道。

「我話都沒說完，你怎麼就知道了？你知道個頭啊。」我有些生氣。

「因爲我是專家嘛。」紫織瞇起眼睛說道：「是這樣的，我認爲這種人除了講明了的承諾以外，你從他那裡什麼也得不到。」

「什麼也得不到？」

「所以他才會充滿不安嘛。一想到你屬於他，就他的立場而言其實是很不利的，對不對？所以說，此時此刻你什麼也沒有，一切懸而未決，你擺好姿勢等人家按快門；不過是人家可有可無的備胎、人生的贈品罷了。」

「哦……我懂你的意思……但什麼也得不到，怎麼說呢？對他而言，我到底被放在一個什麼樣的位置？」

「當然是黑暗的深淵啦。」紫織笑著說。

好想見紫織一面。儘管無論如何也見不到她了，但我還是在路上繞來繞去、走個不停，好像這樣就可以越來越接近紫織身邊似的。路上行人逐漸稀落，夜色更濃了。

最後一次去紫織住的地方看她，是她死前兩個星期左右，而那也成了眞正的訣別。那時我也是無精打采的，於是突然在夜裡跑去敲紫織的門。她正好在，很高興地叫我進去。

一進去我就嚇了一跳：房間的正中央掛了一張巨大的吊床。

「這是幹嘛的，你要放東西啊？」

我杵在剛進門的地方，指著吊床問道。

「……我跟你說嘛，我的工作不是睡在搖搖晃晃的水床上，而且又必須隨時保持清醒嗎？」她像往常一樣，說話的聲音輕輕的，調子又細又柔，「所以只要躺在床上，我的眼睛自然睜得大大的。老是在這種沈靜不下來的狀態，我想我根本沒辦法睡覺……」

聽完她的說明，總算有些明白。世上的任何行業，都有屬於這行業特有的問題。我邊想邊走進屋裡，在沙發上坐下。

「喝茶還是喝酒？」

她那一派從容的動作，老是掛在嘴角的微笑，真的教我非常懷念。即使到現在一想到她，許多積累在心裡的無來由的疲憊就會消失無蹤，一如過去和她住在同一個屋子裡一樣。

「喝酒。」我說。

「那，我特別為你開一瓶琴酒。」

紫織說著就從冰箱取出大量冰塊，放到一個大杯子裡，又切了檸檬，然後把一瓶還沒開封的琴酒拿到我面前。

「真的要開嗎？」我整個人窩在沙發上，手裡拿只杯子問道。

「開就開有什麼關係，我平常又不太喝。」紫織喝著柳橙汁說道。

屋子裡靜謐無聲。

「這裡好靜。」我說，整個人清醒異常。

心中一片澄明，也沒有哀傷，因而無言。

「怎麼了？」紫織一次又一次地問我。她的語氣有如一隻忠心耿耿的狗。

「沒有啊。」當我一回答，立刻就感受到一股無以名狀的沈重。「我眞的很好。對了，你最近常不常看電視或聽音樂呢？」

我記得很淸楚，那晚紫織的房子裡沒有其他聲響，除了兩個人的對話，此外所有音聲都消逸無踪，好像積雪的夜晚躲在冰塊疊砌的窯屋裡一樣。由於她話音輕柔，更凸顯了周圍的寂寥。

「咦，你不喜歡安靜嗎？」紫織問道。

「到人家住的地方，我哪會嫌東嫌西的，」我說：「只不過，總覺得自己的耳朵有點怪怪的。」

「我最近不管聽到什麼聲音都覺得好刺耳。」紫織的眼神空洞，「……嘿，不說這個了，倒是，你在爲岩永的事煩惱嗎？爲了他太太的事你們有些摩擦對不對？我跟你一起住過那麼久，只要你有那麼一丁點不舒服我立刻就會知道。」

「沒有啊，我們一向都還好，完全沒有問題，只不過，我……」

我被我要講的話嚇到了，好像正要開口說一件可怕的事。

遲疑著說不出來。

「你說啊。」

「我騙你的，其實我們剛剛有點不愉快；還不就是那些事。他不太喜歡跟我談到他太太的事，想也知道，他一邊要應付太太娘家那邊的親戚，又得常常跑醫院。不過我完全可以理解，也不會在意的。」

「是嗎？那就好。」紫織微笑說道：「我好希望你們兩個能夠一直在一起，因爲我是眼看著你們開始這段戀情的。」

「嗯，別擔心，我們不會分手的。」我說。

不可思議的是，這樣一說我整個人的情緒也就緩和了下來，變得非常平靜。之後我們又談了些什麼一點也不記得了。大概就是一些瑣碎的事情吧：兩個人住在一起時的往事，工作上的笑話，化妝品啦、電視節目啦等等的……在我的腦勺後方，那張吊床一直懸浮在半空中。紫織的白色襯衫，紅色水壺燒水泡了熱氣蒸騰的綠茶，想到的都是這一類事情。

「那我走了。」我從沙發上站起來。

「在這裡睡也可以啊。」她說。

我也拿不定主意，但想到自己是客人，她會讓我睡大床，而她自己睡吊床，覺得怪怪的，於是決定回家。

「精神好點了嗎？」

當紫織在門口這樣問我時，我的回答顯得有氣無力，「我想是吧。」

紫織瞇起眼睛，帶點調戲的語氣說道：「要不要我陪你睡睡啊——」

「好啊。」我笑著走出去。

——聽到門關上的聲音，我向電梯走了兩三步，突然覺得有什麼在用力拉扯我後腦勺的頭髮。我渴望再看紫織一眼，但我很清楚，即使我回頭紫織也已經在鐵門的另一邊，回到了她自己的時間；何況回頭再去找她我也不知道要跟她說些什麼，還是搭上了電梯……

等我在路上走累了，人已經在離家很遠的地方，最後只好像個笨蛋叫了輛計程車回家。回到家什麼也不想，整個人埋進一片暗影之中，沈沈睡去，彷彿拔掉了插頭一般。這個世界，只剩下我和我的床此外無他……

突然被一陣電話鈴聲吵醒。陽光已經從窗戶照進來，房間裡亮晃晃的。是他的電話，拿起話筒，聽到他問：「你剛剛出去了嗎？」聲音聽起來和平常有些不一樣。

「沒有啊。」說著看了看鐘，下午兩點。從半夜十二點左右就開始睡了，但感覺並沒有睡得很好，不禁有些納悶。

「眞的一直都在嗎？」話筒的另一端他半信半疑地問道。

「嗯，我在睡覺啊。」

「我打了不知幾通電話，都沒人接，這種事還眞稀奇。」

看來他還是有些想不通的樣子，但我則是驚異不置。連自己也確信不疑的超能力終於也失靈了嗎……腦子裡不禁浮現這種想法。即使他打來的電話都無知無感，不應該是這樣的，內心只覺一陣強烈的不安。儘管如此，我還是用明快的語氣回他話。

「討厭，我只是睡太死了嘛。」

「我想也是。喔，因爲昨天沒能好好說話，明天又有事多半無法見面，所以……」

這個人在我面前不會有什麼保留，但過夜或者想和我親熱這類的話，他絕對不會說出口。我就是喜歡他這種挺有格調的作風。

「好啊。」如果我有空，絕對不會跟他說我很忙；縱然這樣說可以帶來一些不錯的效果，我也不想搞這些小動作。所以我的答覆大概都是「好」，永遠都是「沒問題」。我深信凡事放開點才是上策。

「那我就先訂個房間。」

他掛上了電話。午後的房間裡，我再度形單影隻。由於睡得太多，總覺得頭昏腦脹的。

我沒什麼過人的長處，要說有的話就是從小到大都很容易入睡。除了「立刻感知情人來電」這項特技之外，可以「躺下去馬上睡著」是我的另一項專長。我母親因爲興趣的關係，每天晚上都去朋友經營的小酒館打工；父親是一般的上班族，觀念卻很開放，竟然同意母親去做這一類事情，而且自己也常去那裡喝兩杯。家裡只有我這個小孩，晚上經常一個人在家。對小孩而言，單獨一個人的時候家就顯得太大了，所以多半不假思索地跑去睡覺。房間的燈熄掉之後，凝視著漆黑的天花板進行各種想像，那種感覺實在太甜美也太孤獨了，我不喜歡；我不想讓自己愛上孤獨，因此很快就睡著了。

長大後，會開始鮮明地憶起這件事，是第一次和他在外過夜回來的車上。我們一起到神奈川縣（Kanagawa-ken）住了一晚，然後玩了一整天，直到傍晚才踏上歸途。對於一天的結束，我總是感到惶惑不安，覺得很絕望。一路上我詛咒著綠燈，而遇到紅燈時就湧起一陣興奮之感。返抵東京之後，兩個人又要回到各自的生活裡去，那種滋味眞的很難受。多半是因爲第一次和他發生關係，尤其他太太的事也一直縈繞我心的緣故；我從來沒有那樣神經質過。想到待會兒進了自己房子以後變成孤獨無依的那一瞬間，全身立刻被恐懼所籠罩。

一路的燈火輝煌，而我彷彿要沈落到它的底部般蜷縮著。我不懂爲什麼會那樣無助。他就像往常一樣溫柔，若無其事地說著笑話，我也笑著回應，但恐懼並沒有消失；我整個人好像要凍結似的。

然後，不知不覺間我就昏睡過去了；完全不知道自己什麼時候睡著的。下一個瞬間，當我聽到他說「到家了」然後被他搖醒時，車子已經停在我公寓的前面，而我第一個反應竟然是：「哇，好快——我賺到了——」

我最厭惡、最教我哀傷難抑的時刻就這樣過去了，睡眠是我最親密的朋友。分手那一剎那，我笑著揮手，心裡卻忍不住一陣感動。

——但最近每次醒來的時候，第一個浮上心頭的想法，卻是擔憂睡眠將會如何侵蝕我的人生。我隱隱的有些不安。不只對他打來的電話再也沒有反應，而且由於睡得太沈了，不管什麼時候醒過來，都像是剛到冥府走過一遭然後復活的感覺。更可怕的是，在別人眼裡，熟睡中的我或許只剩下一具枯骨也說不定。我甚至想過，能夠長睡不醒而腐朽於永恆的懷抱也不錯。會不會，我已經被睡魔附身一如紫織被她的職業所祟？想到這裡，心裡充滿恐懼。

岩永並不是什麼事都會一五一十告訴我，但他被身邊各種人與事折磨得有多疲憊，最近跟他睡的時候，我完全可以體會得出來。關於比較具體的實況他幾乎都不跟我說，何況我對醫學也是一竅不通，不過我大致可以猜測得到，他妻子那邊的家人多半希望儘可能維持病人的生命狀態，而那些他口中的「大好人」一定跟他說過必要時離婚也無妨的話。每次他到醫院，目睹妻子一直昏睡，肯定會因爲想到「她還活著」而覺得不忍，於是暗自決定除非妻子眞的死了否則絕對不離婚。這就是他的作風。此外，他對於我的事在熟人間也是守口如瓶。這一切的一切導致他筋疲力竭，而且即使妻子的事告一段落了，他也不太可能立刻和我結婚；所以一如紫織所說，他也不確定到底我會和他在一起多久。哎，到頭來結局還不都一樣：無止盡的循環。沒錯，現在我能做的，就是默默承受。壓在我身上的他，身體日益沈重，教我非常擔心。交往一年半以來，他明顯蒼老了許多。不知道是不是我也累了，高潮的時候儘想著這些事，一點舒服的感覺也沒有，彷彿屋子的黑暗也滲透到了心底。薄薄窗簾彼方，夜晚的街景灼灼生輝，卻遙遠如夢。每次我一側身，就望向窗外，並想像屋子外頭寒風怒號的樣子。

當兩個人並躺著睡下時，突然他問道：「寺子，你一個人生活已經幾年了？」

「啊？你問我？」

問題來得頗爲唐突，我的聲音頓時拔尖了起來，在地板的淡淡燈影間餘音裊裊，一瞬間，所有過去和現在的記憶全部混同在一起。

這到底是怎麼回事？我爲什麼會在這裡？這一路走來我都做了些什麼？

和他交往之前的種種，突然間一片空白。

「喔，是這樣的，其實只有一年而已；之前呢，我一直和一個女性友人住在一起。」

「是嗎？喔，對了，以前打電話給你的時候，常常有另外一個女孩子來接聽。她現在怎樣了？」

「已經嫁人啦。」我不自覺冒出一個奇怪的謊言：「她搬了出去，棄我於不顧。」

「很過分喔。」他笑道。

我看著他平躺下來的寬闊胸部上下起伏，無意識地問他：「你太太，要是知道我們之間的事，應該會生氣吧。」

他的表情先是一陣僵硬，但很快就緩和下來，轉爲一張笑臉。

「生氣是不至於的。這是先假設在她意識清楚的情形下，我們根本不可能發展出像現在的關係才說的。總之要是她看到我如今的處境，那麼即使知道你的存在，她也絕對不會生氣；她就是那樣的人。」

「她很體貼嗎？」

「嗯，我一直認爲我的女人運很好。你當然很棒，她也實在好得不得了……恐怕，世界上再找不到第二個了。」

他的聲音帶著睡意，但口氣卻非常堅決，讓我有些害怕，一時說不出話來；眞的是嚇到了。看著看著，他自己倒也安穩地睡了。凝視他緊閉的眼瞼，傾聽他平靜的呼吸，感覺好像同時可以窺見他的夢境。

我孤獨的意識，在不知名的遠方的夜晚徘徊。

——「要是隨著對方的節奏同步呼吸，」記得紫織曾經說過，「或許可以將對方內心的陰霾吸取出來；一直提醒自己不可以睡著，結果在半睡半醒的狀態中，反而好幾次夢見非常恐怖的景象……」

眞的就像你所說的，紫織，這些日子來，我慢慢懂得了。像影子一樣躺在一個人的身邊，同時也吸出他的陰霾暗影的話，大概就可以看到他的內心吧。說不定你就是因爲讀取了太多人的夢境，到最後再也無法全身而退，導致負荷過重而死的吧。

當我一如往常要把自己整個沈入夢鄉之前，或許是一直想著這些事情的關係，我在紫織死後第一次，淸淸楚楚地夢見了她：眞實而生動，歷歷如在目前。

我在房間中突然睜開了眼睛。

時間是夜晚，連接著我房間的客廳兼廚房裡，那張圓圓的木頭桌子旁邊，紫織正在那裡插花。她套了一件眼熟的粉紅色毛衣配卡其色褲子，腳上是每天穿的那雙拖鞋。

我睡意朦朧地起身，含糊不清叫道：「紫織——？」

「你醒了？」紫織瞄著我，原來一副嚴肅認眞的側臉變成一張柔和的笑臉，臉頰上酒渦深陷。我也被她所感染，嘻嘻笑了起來。

「我跟你說，剛剛，我夢見了岩永呢。」我說：「非常非常眞實的夢，我和他一起睡覺，兩個人並排躺在床上，然後談到了你。」

「什麼跟什麼嘛，不要隨便亂做夢好不好！」她純眞地笑著，依舊側著頭說：「嘿，你看，這花怎麼插怎麼不順。」

紫織準備將許多白色鬱金香插在桌上的玻璃花瓶裡，但花朵四處歪垂，怎麼都擺不定。桌子上還橫放著幾株鬱金香。

「你就乾脆點把它們剪短一些再插嘛。」我說。

「可是總覺得不忍心。」說著她又開始手忙腳亂起來。

我實在看不下去，起身走到她旁邊。剛起床的我四肢還是有些慵懶無力，但房間裡的空氣卻非常清新。

「讓我來吧。」

我按著花瓶，稍稍觸摸到她白皙的手指。花朵不管怎麼料理就是無法固定方向。

「咦，眞的很難搞定。枝幹彎得太厲害了。」

「寺子啊，我們不是有一只瓶口比較高的嗎？有沒有，黑色的，比這只還要大一些？」

「啊，好像有耶……等等，我想起來了！」我說：「放在櫥子比較高的地方，沒錯。」

「我去搬張椅子。」

紫織走到我睡覺的那個房間抱了一把椅子過來。看到她一臉得意的笑容，我突然對她說：「你總是笑個不停吶。」

「幹嘛呀，突然說起這個來。還不是因爲我生來一對眯眯眼，看起來就像在笑一樣。」我仰頭望著站在椅子上的紫織，正好看到她的喉部。「這邊嗎？」

我看著打開櫥櫃的手。

「對啊，那邊你應該可以看到一個長長的箱子。」我指著說。

「來，你拿著。」

打開她遞給我的長形箱子，取出一只黑色壺狀的大花瓶。我用水洗了洗，拿抹布擦乾，然後往裡面裝水。由於是夜晚，注水入瓶的聲音特別清脆。

「用這只瓶子插花就不會搖頭晃腦了。」

紫織小心翼翼從椅子上下來，臉上充滿笑意，我也對她點點頭。由於紫織插花比較拿手，所以我就在旁邊負責把一朵朵香氣撲鼻的白色鬱金香遞給她。紫織專注而細心地插著花……

突然醒了過來。

「咦？」

我嘴裡發出聲音，裸著身一骨碌爬起來。

紫織並不在這裡。

可是未免太眞實了。我突然置身於和前一刻完全不同的所在，旁邊睡著一個男人。

夜那麼黑，整個房間隱於昏暗之中，窗外下方疾馳的車輛射出的頭燈在空洞的夜裡游移去來。

我看了看身邊的種種，馬上回到了現實。由於夢境的力道太強了，讓我依舊頭暈目眩，彷彿眼前的一切都不是真的；只有遇見久違了的紫織這種感覺是可以確定的。

我明白了，我終於知道這是怎麼一回事了。現在的我，或者說像陷入我這種狀態的人，如今最需要的，就是有個人陪在身旁睡覺；如果，紫織睡在我身邊的話，她一定也會做我剛才那樣強烈而熱情的夢。將凝視的事物牽引過來，另一個現實，活生生的顏色、觀點、印象……我只覺一陣愕然，儘瞪著床罩看。

「喂。」

突然聽到他叫我，不禁嚇了一跳。我轉過頭，他的眼睛正睜得大大的看著我。心中馬上蹦出一個聲音來：啊，又是夜的尾聲了。

「發生了什麼事，看你突然間從床上彈起來？是不是做惡夢了？」

「才不是，我做了一個很好的夢。」我說：「覺得好快樂、好快樂，滿心歡喜得都不想醒過來了呢。回到這個地方實在很不是滋味，感覺好像被詐欺了一樣。」

「你大概是夢遊吧。」他一邊喃喃自語，一邊握住我的手。我知道我眼眶已經一片潮濕。

當眼淚啪噠啪噠往床罩上直掉，他有些慌張，馬上把我拉進棉被裡面。其實流淚並不是因爲他的關係，他卻一逕哄我，說：「我知道我知道，你是太疲憊了。好，我看這樣吧，這個禮拜我們是沒機會再見了，下個禮拜我們一起找個地方去吃好吃的東西。對了，下禮拜不是有煙火晚會嗎？我們到河邊去看，好不好？」

他貼在我耳朵上的肌膚是那樣溫熱，我可以聽到他胸腔裡鼓動的聲音。

雖然依舊淚流不止，但心情輕快多了，於是笑著對他說：「那邊太擠了啦——」

「我們不一定要跑到河岸上去跟人家擠嘛，只要不離太遠還是可以看得見。對了，我們去吃烤鰻魚。」

「嗯，好啊。」

「知道哪裡有好一點的店嗎？」

「這個啊……那條幹線道路上不是有一家很大的？」

「那家不行，除了烤鰻魚，他們同時還賣天婦羅之類的，簡直旁門左道。往裡面走一點沒有嗎？」

「想到了，寺廟後邊有一家小店，我們去吃吃看。」

「烤鰻魚這種料理啊，就是要講究現抓現做。」

「米飯的軟硬度，還有佐料也很重要啊；喔，我是說吃豪華套餐的時候。」

「沒錯沒錯，飯粒如果太軟就毀了。我小的時候，吃烤鰻魚飯算是打牙祭呢……」

兩個人就這樣談了很久的鰻魚飯。說著說著，開始變得有一搭沒一搭的，最後不約而同地被濃濃睡意所包圍。那是不再會因爲做夢而醒來的、深沈而香暖的睡眠。

他太太現在所在之處，該是多麼遙遠的夜之深淵啊。

紫織現在是不是也在類似的地方呢？當我沈睡的時候，我的心是否也曾前往那種濃度超高的黑暗地帶躑躅徘徊？

——睜開眼睛之前腦子裡都是這些念頭。接下來，是窗外陰沈的天色跳進了眼簾；身旁的他已經離開。看看時間，竟然是下午一點，我嚇了一跳。實在太意外了，我哇啦哇啦直叫，趕忙從床上爬起來。床頭櫃上放著一張信紙。

又沒有在工作，想不通你為什麼那麼嗜睡。
感覺我身邊的女人好像都在睡覺。
因為你睡得很熟，所以不想叫醒你。我把退房時間延到下午兩點，所以你可以慢慢來不用急。
我得上班，必須先告退。再聯絡。

就像鋼筆字帖的書法練習一樣，每個字都寫得工工整整一絲不苟，非常好看。寫字寫得這麼好看的人，就是昨晚和我纏綿的同一個人嗎？突然有一種錯覺，好像這些字更能讓我確認他的模樣。我出神凝視信上字句許久許久。

我睡覺時只套了件圓領衫，雖是夏天，卻忍不住感到冷。雲朵發出銀光，籠罩在廣袤的市街上方。我的腦子依舊一片渾噩，邊看著底下的車水馬龍邊換衣服。臉洗了，牙刷了，但人並沒有更清醒一些，只覺得強烈的睡意不斷侵襲我的心神。

我到咖啡廳試著吃點東西當午餐，可憐我的四肢彷彿漂浮在空中一樣，我的嘴巴、腸胃，我的心，全部分崩離析。在窗外照射進來的淡淡陽光中，我好幾次又差點閉上眼睛睡去；我算了算，至少也睡了有十個小時以上，爲什麼依舊沒有要清醒過來的跡象呢？以前不管睡到怎麼昏天暗地，只要三十分鐘就可以完全恢復清醒……現在就連思考都像是不屬於自己了。

我迷迷糊糊地搭上一輛計程車回家，等把衣服放進洗衣機，往沙發上一坐，我又開始打起了瞌睡。

一點辦法也沒有。

稍微回過神來，發現頭已經慢慢往椅背的方向傾斜。我倏地坐直，拿起雜誌來翻，結果老是在看同一個地方。這分明是昏昏欲睡的下午在課室裡無精打采瞧著教科書的模樣，想著想著眼睛又閉上了。感覺外頭的烏雲也飄進屋子來，並侵入了我的腦髓。即使洗衣機馬達轟隆轟隆的迴轉聲也沒辦法讓我清醒一些，到最後我只有丟兵卸甲投降，有氣無力地把上衣和裙子脫掉，再度回到床上。棉被涼涼的非常舒服，柔軟的枕頭輕輕下陷，適合睡個好覺。

當我正要進入熟睡狀態時，卻感知有鈴聲想起。我很清楚那絕對是他打來的電話。

一如他那韌性很足的愛，電話鈴聲一直響個不停，然而我卻無論如何也睜不開眼睛。這分明像中了魔咒一樣：意識一清二楚，卻動彈不得。

——是她對我下了咒？

有那麼一剎浮起這個念頭，但馬上消失無踪。從岩永談話裡就可以了解，他太太不是會做這種事的人；她是一個非常善良的人。我的睡意實在太濃了，腦海裡的念頭有如在一片灰霧之中漂蕩，去了又來，來了又去。

敵人只會是我自己。

漸漸模糊的意識中，這個想法卻清晰無比。睡魔就像棉繩一般，一寸寸將我綑綁起來，然後把我的精力吸食殆盡。熄燈（blackout）。

昏睡中我聽到好多次他打來的電話鈴聲。

等我再度醒過來時，房間裡面已經有些昏黑。可以看到自己舉起來的手模糊的輪廓，空洞的腦海浮現「已經傍晚了」的想法。

洗衣機的馬達當然已經停止運轉了，整個房間闃寂無聲。頭在痛，身子僵硬，關節也很不舒服。時針指著五點，我肚子餓得發慌，想到冰箱裡還有柳橙；對了，也有布丁。我從床上起身，穿上散置地板的衣服。

——多麼安靜啊，彷彿這世界只剩我一個人還活著。當我帶著一種無以形容的感覺，打開房間的燈然後往外面看時——送報生正把報紙放進信箱，而周圍的房子沒有一盞燈是開的，東邊的天空被橙色染遍，我這才搞清楚了。

「現在是早上五點！」我口中發出乾澀的聲音。

我打從心底感到恐懼：這時鐘到底已經繞幾圈了呢？現在又是何年何月？我趕忙走出房間，步下階梯，把放在信箱中的報紙取出打開。還好，我只睡了一個晚上，這才安下心來。說是這樣說，但嗜睡成這個樣子畢竟太不尋常，很清楚我體內的生理時鐘已經有些紊亂。看著黎明的藍色調蔓延整個城鎮，街燈射出來的光彷彿透明，我突然一陣暈眩。現在我最害怕的事情就是回到屋子裡，因爲一定又會昏睡過去——乾脆自暴自棄繼續睡個夠本算了。我有一種進退失據、日暮途窮的感覺。

無意識地，我慢慢往外頭走去。

天色依舊幽暗，夏日的氣息斷續隱現在帶著涼意的風中。路上看到的，都是慢跑、遲歸、遛狗以及年紀大的人。比起這些目的明顯的人來，隨便套件衣服、恍恍惚惚遊蕩的我，簡直就像黎明徬徨的亡靈。

我並沒有特定的方向，於是緩緩走向公園那邊。那是一座侷促在公寓住宅區有限空地上名副其實的小公園，從前我和紫織在徹夜不眠之後的清晨，時常散步到這裡來。除了長排椅、沙堆和鞦韆以外什麼都沒有。我坐到那張陳舊的木頭椅子上，像個無業游民一樣抱著低垂的頭。空肚子咕嚕咕嚕叫，但我完全不知道接下來該怎麼辦。我一直想我到底做了什麼；好像已經走到一個無法以自由意志決定自身動向的地步。即使在這種時候，我還是一逕困倦欲眠，沒辦法進一步思考。

霧氣蒸騰，沙堆上色彩斑爛的動物模型冒著輕煙。綠色植物潮濕的氣息、泥土的香味瀰漫整個公園。我抱著頭一邊和隨時要闔上的眼睛苦戰，一邊看著幽暗中浮現的裙子圖案。

「您那裡不舒服嗎？」

耳際響起一個女子的聲音。直覺很不好意思，有那麼一瞬想乾脆繼續裝做很不舒服的樣子，不過隨即想到如果引起不必要的騷動會更加麻煩，於是把頭抬起來。坐在身旁注視著我的，是一個穿牛仔褲、高中生模樣的女孩。她有著一對水晶般剔透、彷彿正遙望遠方、不可思議的大眼睛。

「喔，我沒事，只是有點睏。」我說。

「可是你的臉色很不好。」她擔心地說道。

「眞的沒事，謝謝你。」

我笑著說，她也笑了起來。綠葉在風中悠悠搖擺，沁涼的香氣四下散逸。因爲她一直坐在我旁邊如如不動，我也不好意思走開，就一逕坐著望向前方。在她身上可以感覺到一股和周圍完全不相容的詭異氣氛。她有一頭披肩長髮，是個非常漂亮的女孩，可是總給人一種不太正常的印象，不禁懷疑她是不是個頭腦有問題的孩子。由於身旁有人爲伴，我的心情漸漸開朗起來。

我和紫織也時常這樣子並肩坐在同一張椅子上瞧著鞦韆。當看了一整晚錄影帶，精神亢奮無法入睡的淸晨，我們到便利商店買杯熱茶和飯糰，然後帶到這邊來吃。我最討厭的鮪魚飯糰，卻是紫織的最愛……

「請你現在馬上到車站去。」

突然聽她這樣說我心中一震，但馬上又昏沈起來。轉過頭去，看到的是一張很嚴肅的臉。她皺著眉頭，講話的音調也和剛才完全不一樣，變得明顯的低沈。

「什麼？車站？……」

我不知道怎麼接下去。果眞是個有毛病的孩子，我開始有些害怕。她站了起來，走到我前面，直直瞪著我看。她的眼神淩厲而奇特：明明是在看我，卻聚焦在很遙遠的地方。我看著她的瞳孔，一句話也說不出來。

她接著說道：「然後去買一本求職情報雜誌，從裡面找一個短期的工作，不管是賣場的店員或產品發表會的接待員都好。不要坐辦公桌的，否則你又會想睡覺。總之必須是站著，而且要動手動腳的職務。你找找看吧。我實在無法坐視了，如果再這樣下去，你一定會越來越糟，而且將難以恢復正常，那是很可怕的。」

我只能靜靜聽著。一個無論怎麼看都比我年輕的女孩，感覺卻好像比我年紀大了許多。她所說的話不可思議地都撞擊到我內心深處，眞的很不是味道。她的態度雖然嚴厲，但語氣並沒有任何怒意。該怎麼說呢，總覺得她是用盡全力，以不耐煩的態度想要說服我。

「……為什麼？」我囁嚅問道。

「我們肯定不會再見了。我們今天之所以相遇，大概是因為你的處境和我極為類似吧。」她說：「我也不是建議你只去找個臨時兼差，問題不在那裡，而是你的心，已經疲憊到極點了。你不是唯一的，像你這樣的人很多；但只有你好像是因為我的緣故而疲憊不堪的……反正看起來是這樣……抱歉囉，真的很抱歉，不過你應該知道我是誰對不對？」她直視我的雙眼，然後念咒般問我話。

「你是……」我嘴裡發出好大的聲音，讓我同時也把眼睛用力地打開。眼前一個人影也沒有，看到的只是籠罩整個公園、模糊了視野的冷霧在那邊漂蕩。

難不成我做了一個夢。

我帶著疑惑，搖搖晃晃站起來，走出了公園。想到是不是去一趟車站，但一轉念，我可不是隨便被人牽著鼻子走的人，而是自有主張的個性派。即使那是一場夢，但做那樣的夢實在很不爽，所以，我又回家蒙頭大睡。真是自暴自棄到了極點。

醒來是最糟糕的時刻。

肚子餓得發慌，四肢酸痛，喉嚨乾涸，感覺自己好像變成了木乃伊。即使頭腦清楚明白，身體卻慵懶而鈍重，沒有氣力爬起來；更不要說還下著雨。

時間明明是大白天，但屋子裡還是很暗，雨聲淅瀝瀝響。連放個音樂的念頭都沒有，繼續躺在床上傾聽下雨聲，卻想起置身無聲之屋的紫織來：她在過度柔軟的水床上無法入睡，必須改睡輕輕晃搖的吊床。

當我被一陣哀傷難抑的氣息包圍時，電話響了。我知道不是他打的，但既然已經醒了，還是決定接聽。

那是大學時代的友人打來的，她上班的那家公司下個禮拜要舉辦產品展示會，有個為期一週的接待員工作缺，問我想不想去。我倒是不時會接到類似的電話。

婉拒的話已經來到喉嚨，然而我回答她的竟然是「好啊」。也許是對這種偶然的一致感到害怕的緣故。話一出口我就強烈地後悔，但也來不及了。友人聽了很高興，開始嘰哩呱啦地告訴我集合地點、工作內容等等。我也認了，拿起筆記下來。

睡意依舊徘徊不去。

第二天我起了個大早，稍作準備就出門去了。即使是很簡單的事情，對於長期繭居家中接接電話的我而言，卻是辛苦異常。不過是三天的講習，加上三天的展示會，然而我還是很受不了。每天從早到晚昏昏欲睡，整個人就像堆爛泥一樣，不管是和同年齡的女性共事、對工作程序的了解、對商品說明的背誦，或者站著工作本身，都像惡夢一樣沈重不堪；甚至沒有時間思考。可以想像對接下這個工作後悔到什麼程度了。

然而也因爲這樣我才意識到，才多久的時間，我身體中的許多部份已經退化到相當嚴重的程度。我從來就討厭上班，對臨時性的工作則一向可有可無，這些都沒有什麼改變，問題不在這裡……而是，怎麼說呢，像脊背一樣確定的事物，總是準備好投入下一個目標的、充滿希望和期待的感覺……我也說不清楚。不知不覺間，我放棄了某些東西；看來紫織也是放棄了同樣的東西。運氣好的話，即使如此照舊能活下去，然而紫織對這件事的抗壓性未免太弱了。或者應該說，是那命運之流過度強大，將她整個的吞沒。

儘管有這樣的認識，但我也沒有因此而定下一個目標。我只是每天早上七點勉強起床，匆匆忙忙出門，一整天和自己昏沈嗜睡的身心過不去，那種難過比留在家裡埋頭昏睡要來得強烈許多。我變得異常疲憊，講話也是有氣無力，他的來電大概三次只回一次，而我竟然也累得顧不著那麼多了。當我想到這六天結束之後，還是要繼續當一個昏睡的女人，就充滿害怕，眼前一黑；於是我讓自己不要想太多。說來令人不敢相信，有許多時刻，我完全忘了他的存在。但也就在這個過程中，狂暴的睡魔開始一點一滴，真的是一點一滴，從身體逐漸退卻。我的兩腳浮腫，房子充滿髒亂，下眼瞼還長出黑眼圈來。我並不缺錢，是這種沒有目的的勞動對我而言太痛苦了。

在這種時刻，勉勉強強將我支撐住的，竟然是那天黎明時分在公園所做的怪夢。早上七點，鬧鐘和音樂鐘齊鳴時，都會有一個念頭浮現：煩吶，我睏死了，不要去算了……這時我都會莫名地想起那個清晨，感覺如果我不做的話，對那個女孩就是一種背叛，於是硬撐下去。對於平日作風消極又不太有毅力的我而言，眞的很不簡單。是那樣的眼神……目光遙遠，盈滿哀傷，我無論如何也難以忘懷。

和岩永的邂逅，也是因爲一次臨時性工作。

那是一個規模很大的設計事務所之類的地方，位於一棟大廈裡面佔地很廣的樓層，擁有各式各樣的部門，實際上是個什麼樣的公司並不清楚，反正我就是接電話、打字、製作資料、影印、幫忙處理雜務。跟我一樣的臨時人員大概有十名。

我暫代前往美國遊學的堂妹在那裡工作了三個月，儘可能裝作笨手笨腳的樣子。當然我也算不上什麼聰明伶俐的人，只是我很清楚在那樣的地方上班，如果表現太好的話，人家就會丟給你更多的事情，把自己累壞，所以必須省點力氣。這種工作的好處是瑣瑣碎碎的事情忙個不停，不會讓人感到空虛無聊。我總是拿出三分之一的力氣無所用心地做事，遲到、犯錯、漏打資料、傳眞空白的紙等等事蹟，雖不是刻意安排，卻以每三天一次的頻率不斷發生，這樣下來自然不會有人交代我去做比較煩瑣的事，讓我樂得輕鬆。

事情發生在一個禮拜天。那天公司不上班，但我因爲得補救前一天犯的錯誤，所以還是跑到公司來加班。一個人在靜謐異常的大辦公室裡面慢慢打著字，不知道爲什麼突然感到一陣不安。

裝傻裝了兩個多月，到後來眞的就變傻了，意識到現在只能以非常緩慢的速度工作，自己都覺得有些不對勁。這種感覺說來也沒什麼大不了，但當時的恐慌卻極爲眞實。看著綠色的畫面，不安逐漸浮現：本意只是想隱藏實力，可是卻發現自己說不定眞的是個無能的人。這怎麼可能？想著想著，一種不服輸想爭口氣的念頭變成難以抵抗的誘惑。就目光所及，辦公室裡面完全沒有別的人影，我決定好好露兩手。現在想想，那時眞是年輕氣盛啊，我以驚人的速度敲著鍵盤。看到自己的雙手只要願意就可以如此靈巧，我嘗到許久未曾有的滿足感。手頭的資料兩三下就處理得淸潔溜溜，我想趁勢把一些積壓的文件打完，於是邊哼著歌邊打起字來。就像一個右撇子硬被要求使用左手之後，終於又允許他恢復右手一樣輕鬆愉快。也許是累積不少壓力的關係，等看到列印出來的漂亮文件我眞是快樂得不得了。複印時只要專心點，速度也可以加快不少，我越做越順手，到最後連別人的工作我都拿來做。

兩個小時左右就把所有事情搞定，「嘩——」我舒了口氣從位置上站起來，突然發現他一聲不響坐在空曠而明亮的辦公室最裡邊一張桌子後面。我嚇了一跳，剛才完全沒注意到。他雖然不是我的直屬上司，但我常去他的部門幫忙，所以他對我上班偷懶的德性一清二楚。我想，這下完了。從他的笑臉看來，他大概一直好玩地在等我什麼時候發現他。

「原來您也在。」我說。

「……我眞不想說，不過只要你願意，沒什麼是做不來的嘛。」說完他止不住大笑起來。

之後，我們一起去喝茶。那是一家位於大樓對面的小店。時間已近黃昏，店內除了我們兩個，還有一起度過假日快樂時光的幾對情侶，每個人都輕聲細語。

「剛才你好像比平日靈光多了，爲什麼過去你都沒辦法那樣做呢？」他問我。

我想了許多可以讓他感到滿意的答覆，結果說出口的竟然是：「打工嘛。」

「這個我懂。」他說，然後有一會兒不發一語儘是吃吃地笑。

他輕柔的聲音帶著親密對話時才有的純淨，還有他俐落的手勢與動作，無一不讓我感到驚奇。在今天之前，我從來不曾認眞地觀察過他。另外，我也注意到他左手指上的戒指。不過我什麼也沒問，繼續和他喝茶。對於他已婚這個事實，坦白說我非常失望。

有一次，當他換腳的時候，把桌上的東西碰得叮噹作響，他不好意思得有些過度，連續說了好多次「對不起，眞的很抱歉」。我對於這種很有教養的表現一向沒什麼抵抗力。我相信像他這種人絕對不會做出什麼傷天害理的事。說得絕點，他會選擇可以傷害的對象。

兩個人都看不出緊張的樣子，可是也幾乎沒什麼對話。他的側臉極爲端整，給人一種不可思議的感覺，不時有一搭沒一搭地告訴我一些事情；我則邊聽邊點頭。就這樣點著頭的同時，我突然有一個直覺：這個人將在我的人生停駐許久。時間雖是傍晚，卻宛如清晨，因爲這個場面很像兩個睡意深重的人圍著桌子默默無言。記得當時也想像了許多往後兩人之間或將發生的種種旖旎情事，奇怪的是所有畫面都是冬天：冒著蒸汽的白色房間、穿著大衣上街的兩個人、樹葉落盡的枯木等等。那是多麼的蒼涼啊。

似乎永遠不會結束的一個禮拜總算過去了。最後一天做完回到家裡，脫了衣服，將薪水袋往地板一丟，不禁得意地笑起來，這時電話鈴響了。

「喂喂？我是岩永。」是他那令我眷戀的聲音。

「好久不見。」

「你在睡覺嗎?」

「沒有啊,跟你說,我看著薪水袋一直笑呢。累死我了!」

「什麼,你出去打工了?真是怪胎一個。」

「消磨時間嘛。」我說。

我開始收拾房間裡面四下散落的衣服,決定今天晚上狠狠睡個夠。頭腦清醒,肢體卻倦怠異常,這次即使睡它個整天整夜也不再擔心了。

「感覺你精神很好的樣子,跟我們剛認識那個時候差不多。」

他似乎也被我感染了,語氣非常輕鬆愉快。

「嘿,我問你喔,」我邊洗掉半剝落的指甲油邊說道:「你是不是讀高中的時候認識你太太的?還有啊,她是不是有一頭長髮呢?」

「……什麼啊?出去上幾天班,就變成有特異功能了?沒錯啦,我是十八歲那年認識她的。」他的話帶著不敢置信的語氣。

「……果然是這樣。」說著說著,我眼眶突然都是淚水;我也搞不清楚為什麼。接著他開始告訴我看煙火、吃烤鰻魚那天見面的時間地點。耳朵聽著他的聲音，眼前正在寫備忘的手、還有整個房間一下燥熱起來，彷彿都散發著朦朧的光。

前往河岸的那條寬廣無比的幹線道路已經開始管制車輛通行，路面上滿坑滿谷洶湧的人潮，正緩緩朝煙火大會的方向移動。穿著薄棉袍浴衣的人們，把孩子頂在肩上，笑聲喧譁，一次次抬頭仰望高空，像極了祇園祭❸，大量人潮流向同一個地方。我從來沒見過這種場面，心情不免有些急迫。抬著頭不確定下一朵煙火什麼時候爆開、一張張充滿期待的臉，看起來是那樣亮麗。

「哎呀，河岸那邊走不過去了。你看你看，人山人海。」他以失望的語氣說道。我仰頭看著他的側臉，說：「不去那邊也沒關係啦，多少總是看得到的。」

「不找個高點的地方恐怕不行。」

「算了啦，起碼也聽得到聲音吧。」

踮起腳尖一看，人潮正排著隊伍過橋，橋頭附近萬頭鑽動。深藍色的夜空廣袤無垠。許多警察站在暗處，人潮沿著繩索圈定的範圍往前推進。我們兩個走到隊伍前面就停了下來。

眞正重要的不是這場煙火，而是這個夜晚，兩個人攜手來到這裡，然後同時抬頭仰望。手挽著手，我們的臉和身旁的人群朝著同一個方向，聽著煙火爆燃的巨響。受到周圍氣氛感染，我的興致極爲昂揚。他漸漸也變得很投入，一臉迫不及待的表情看起來比平常年輕許多。

不知道從什麼時候開始，我內心開朗的那一面重新又被喚醒了。雖然說來只是我自己因爲朋友之死而倦怠消沈的心所體驗的小小波紋，一個小小的復活故事，不過我覺得人畢竟是堅強的。我已經忘了過去有沒有類似經驗，當一個人面對內在的黑暗，導致深層部份支離破碎、傷痕累累而疲憊不堪時，突然也會莫名湧出一股強韌的力量來。

我還是原來的我，兩人之間的關係依舊沒什麼改變，但我願意在這種小小波紋反覆出現的狀態下，繼續和他同行。無疑此刻我再一次通過了最最頭痛的關卡。到底發生了什麼其實我並不清楚，反正就是這樣覺得。所以說，現在的我甚至還可以和別人墜入情網也說不定。

——不過，這種事大概不會發生吧。我只想和此刻站在身旁的這個高個子再談一次激情的戀愛。和自己最喜歡的人，一切只靠我這雙細瘦的手和一顆纖弱的心來維繫。今後肯定會發生的許多瑣碎、棘手的狀況，一切的一切，我已經準備好要用我這沒什麼把握的軀體勇敢承擔。

啊，感覺好像到現在才第一次清醒過來似的。眼前的世界，無一不是清朗澄淨，美得教人驚心。在夜色中前進的人群，一路掛到商店街的燈籠陣，還有站在稍稍有些寒涼的風中、充滿期待仰望夜空的他額頭上的皺紋，都是那樣迷人。

這樣一想，突然覺得一切都過分完美了些，而感到泫然欲泣。轉頭看著四周，進入眼簾的所有景象都教我疼惜，啊，能夠在此時此地醒來眞是再好不過了。平常車水馬龍的大馬路如今像是一片空曠的野地，正當中我們並肩站著，等待煙火，然後吃烤鰻魚，然後相擁而眠，沒有什麼比可以神清氣爽地見證這樣的夜晚更令人高興的了。

宛如祈禱。

——願世上所有睡眠平靜安穩。

不久天空傳來巨響，大廈背後霎時浮現半朵煙火，彷彿鏤空的圖案一樣短暫發出了絢麗華彩。

「哇！看到了嗎，剛剛一閃而過的？」

他怕個子矮小的我看不到，像個孩子一樣興高采烈地搖著我的肩膀。

「嗯，看到了啊。小小挺可愛的，好像有花邊的杯墊。」我說。

由於有一段距離，煙火看起來只像是透明的夜空突然湧現的小型光束。

「對啊，不如說是模型煙火。」他抬著頭說道。

煙火一個接一個打上去，觀眾歡聲雷動；爆炸聲來得稍稍遲些，聲響卻大得驚人。前來觀看的群眾依舊挨挨蹭蹭地簇擁到河邊，人潮不斷增加，一一從我們身邊超過去；我們不再向前，站在原地，凝視夜空。兩個人竟然喜歡上從大廈後方不時開花的小小煙火，一直緊緊纏挽著對方的手臂，興奮地期待著。

❶即extrasensory perception（超覺感應）。

❷Cheshire Cat，即路易斯．卡羅爾《愛麗絲漫遊奇境記》（Lewis Carroll: "Alice in Wonderland"）中會露齒而笑的貓，消失時從尾巴開始不見，然後是身體，最後才是笑臉。

❸每年七月京都八坂神社祭祀疫病之神素戔嗚尊的祭典，緣起於夏季傳染病肆虐，於是禮拜之以祈求平安。

夜與夜的旅人

「My Dear, SARAH

It was spring when I went to see my brother off.

When we arrived at the airport his girlfriends who were dressed in beautiful colors waited for him.

Oh, I was sorry, in these days he had many lady loves.

The sky was fair……」

當那張陳舊的書信草稿從抽屜最裡緣出現的時候，觸動了我強烈的懷舊之情，於是暫時放下清理工作，像電影旁白一樣，一次又一次念誦那些英文。

那是我寫給一年前去世的哥哥芳裕在高中時代交往的留學生莎拉的信。當莎拉回到波士頓後不久，哥哥透露「好想到國外住住」的想法，也沒做什麼準備，說走就走了，然後在那邊也打工也玩，將近一年的時間都沒有要回來的跡象。

……邊讀著信，我不斷回想起當時的種種狀況。由於哥哥走得很突然，又沒有定時和家人保持聯絡，莎拉也很擔心，於是寫了封信給我告訴我哥哥的近況；然後我就寫了這封信回莎拉。現在的我實在很難想像，還是高中生的我，竟然會一邊查字典一邊激動地寫信給一個溫柔而漂亮的美國女孩。是的，莎拉有著慧黠的藍眼睛，是個非常可愛的女孩。只要是日本的東西，她都深感興趣，老跟在哥哥後頭亦步亦趨。她呼喚哥哥名字Yoshihiro—Yoshihiro—的聲音，滿溢無可置疑的愛戀。

莎拉。

「英語有不懂的地方問她就可以了。」

哥哥突然打開我房間的門，做了一個無厘頭的開場白，介紹我和莎拉認識。他們剛結伴去參加附近神社的夏日祭典，順便帶莎拉到家裡坐坐。那時我正坐在書桌前面，埋頭趕寫暑假作業，她既然人都來了，於是請她幫我寫英文作文。莎拉一副熱心的樣子，我實在不忍拒絕她的好意。不是我吹牛，英語一直是我最拿手的科目。

「那就把莎拉借給你一個鐘頭，之後我會送她回去。」哥哥說完，就到客廳看他的電視去了。

當我以結結巴巴的英語說「不好意思，打攪你們約會」表示歉意時，莎拉回說：

「不會不會，這種事讓我來做，五分鐘就解決了，倒是芝美（Shibami）你可以利用這個時間把別科的作業趕完對不對？」流暢的英語，甜美的聲音，飄逸的金髮，帶著微笑。我使盡吃奶的力量向她說明：「啊，喔，是這樣的，作文的題目叫『我的一天』，你只要簡單寫寫就好。如果你寫得太難了，反而會被人發現不是我寫的，所以只要寫一篇跟範文差不多的就可以了。」

她於是問我，每天幾點起床，早餐是日式的還是吃麵包，下午都做些什麼事情等等。

她一直問我問題，作文很快就寫好了。「哇，這麼漂亮的字我不能就這樣交出去，一定要讓我用難看的字再抄寫一遍！」當我看著作業紙跟她這樣說，莎拉聽了發出好大的笑聲。

就是這樣，我們講了好多話，漸漸變得熟稔起來。那是聽得到螽斯叫聲、有點涼意的夜晚。莎拉手肘靠著我房間地板上那張折疊小桌幫我作功課。那時我的房間一片澄亮，變成一個不可思議的彩色世界：金色，白色，彷彿半透明的肌膚；還有她從正面看著我或是點頭時下顎尖削的線條。

我不禁想到打開日本門戶的黑船❶。我和外國人如此貼近說話這還是第一遭，在我毫無預期的情況下，她突然降臨我的房間。祭典的音樂乘風飄到耳際。天上一片漆黑，滿月高掛遠方夜空。微風不時從敞開的窗戶吹進來。

「日本好玩嗎？」

「對啊，非常好玩。我認識了好多朋友，學校的朋友，還有芳裕的朋友。我想這一年我將永遠不會忘記。」

「你喜歡我哥哪一點？」

「芳裕是個擁有巨大能量的人，語不驚人死不休那種。這不僅僅是精力充沛而已，而是讓人感覺到從體內自然湧現一種無窮無盡、充滿智慧的東西。單單和他在一起，好像自己也會不斷改變，而且理所當然地，彷彿可以抵達很遠很遠的地方。」

「你學的是什麼呢？將來還要回波士頓的大學去嗎？」

「我做的是日本研究，一年之後就會回去。……和芳裕分開是很難過的事，不過我爸媽很喜歡日本，常到這裡來玩，他們也曾邀請芳裕去美國走走，所以我想我們還是有見面的機會。現在我全心全意在學日語，不過讀書全是爲了興趣不爲其他，雖然這一輩子還是不會停止閱讀求知，不過我還是想和我媽媽一樣，成爲一個好母親。正因爲如此，我對日本的女性感到很好奇。我覺得我比其他美國女孩更能理解日本女孩的想法。也許是因爲我有許多不像美國人的地方吧。將來大概會嫁給企業界的人，對，一個像我父親那樣國際性的商人，然後，努力經營一個明朗而幸福的家。」

「我老哥他……國際性是沒問題啦，不過我看他一點也不適合當個生意人。」

「哇哈哈，沒錯沒錯，他一副自我本位的德行，兩三下就會被炒魷魚。」

「不過，想想他畢竟只是個高中生而已，說不定以後會改變很多。只要他能找到一個自己很感興趣的工作就好了，關鍵就是找到自己有興趣的。」

簡直像個小孩一樣，我說了一些比夢還遙遠的事。然而對這些事情而言，莎拉比我還要天眞得多。看她對未來一副完全無懼的堅毅模樣：她「呵呵」地笑著，有如做夢般說話，帶著屬於愛情萌芽階段、除了情人其他什麼都看不見、純眞而勇敢的眼神，那種相信所有夢想可以成眞、現實也可以被自己扭轉的眼神。

「對啊，芳裕一定可以做得很出色，在日本和波士頓都有一個家，可以時常往來，這不是最叫人快樂的事嗎？我很喜歡日本，要是芳裕也喜歡波士頓的話，那就好像我們都擁有兩個國家。還有，聽著兩種語言長大的嬰兒！……我們全家也可以一起出去旅行。眞的好棒喔……」

關於莎拉的種種都是久遠以前的事了，平常很少會想到，彼此音信不通，也不知道她現在人在哪裡、過得怎樣，就在這個時候意外發現這封信。拉開的抽屜最裡邊的暗處，看到一個已經被擠成一團的東西，我也搞不清楚是什麼，將它取出，以手指小心打開，於是就好像爲魔咒長年禁錮的事物被釋放到空氣裡面一樣，所有的記憶因此展開。

致親愛的莎拉：

我為哥哥送行是春天的事。

當我們抵達機場，哥哥的女友們——啊，對不起，我哥哥那時有好多女友——穿得花枝招展在那邊等著。天空晴朗無雲，受到即將遠行而興奮莫名的哥哥影響，我們每一個也都高興地起鬨；一切都是那樣樂觀而美好，大家都對你和他的戀情表示祝福。說來有些詭異，不過哥哥就是有能力不管做什麼事最後都會讓人心服口服接受。這一點你應該很清楚啦。

那是櫻花盛放的季節，印象中到處都可以看到像發著光一樣的花瓣翩翩飄降。哥哥很少寫信回家，但我相信他應該一切都好。希望你們玩得愉快，也歡迎你再到日本來。

期待快樂的重逢。

芝美　謹白

記得猶是少女時代，我曾經和哥哥以及表姊毬繪（Marie）三個人並肩走在傍晚的路上。大概是因爲有法事什麼的，一干親人全都聚在一起，我們因爲覺得無聊，於是一起溜出現場，到外頭無目的地閒晃。

那是父親老家附近的河堤，河流對過的遠處已經爲暮色輕掩。很快街燈就要映照在河面上，而透明的空氣中彷彿可以看到飽滿的藍色緩緩升騰。天空還殘留一抹燦亮，眼前的景物難以分辨，朦朧而迷人。

不記得哥哥先是講了什麼，然後對我說道：「總而言之，你對人生中的醜陋面未免太沒概念了。」

說的也是，主要是我對他們夸夸而談，說什麼我將來要嘛當個企業家，否則也絕對是金枝玉葉，因為我看到和企業家結婚、富貴逼人的令子（Reiko）姑姑穿著喪服的模樣實在太漂亮了，天然珍珠項鍊戴起來也是艷光四射，我想只要有錢，我也肯定可以變得那樣高貴優雅！

哥哥繼續說道：「老妹，到了那個時候，你全身上上下下堆滿了天曉得什麼人生的汙垢，同樣的衣服和珍珠，我保證在你眼中絕對沒有現在這麼吸引人。問題就在那些汙垢啦。人不能一直待在同一個地方，永遠滿足於現狀，一定要隨時為理想而活才行。」

「哥，你不是也一直待在家裡嗎？」我說。

「你很皮耶，明明懂得還要裝傻。我說的又不是我們的身體。我們現在年紀還輕，暫時離不開家；不過很快我們就會長大成人，前往任何我們想去的地方了嘛。」哥哥笑著說。

這時毬繪幽幽說道：「我還是覺得當個有錢人挺好的。」

哥哥不禁苦笑，「人家的話，你們到底有沒有在聽啊？」

「芳裕的意思，我想我懂。不過，我還是喜歡不愁吃穿的日子。反正，我又不喜歡到處玩，也不想離開我那些朋友……」

大我三歲的毬繪那時已經比我懂事得多，可以將心裡的話馬上流暢地說出來。

「我想談個轟轟烈烈的戀愛。」

「什麼啊？」哥哥說。

「對啊，現在看來，人生大概就是那麼回事了，除非談個驚天動地的大戀愛。而且，即使明知會心碎也還是想要。之後，再心甘情願找個人結婚去。所謂大戀愛，一定是以悲劇收場的。」毬繪說道。

「嗯，我懂。」我說。

「怪胎。」哥哥說。

毬繪笑道：「不管怎麼說，還是請你早日成爲一個大富豪吧。這樣的話，大戀愛之後就可以找你當對象呢，日子比較好過，而且彼此了解，在一起也安心。」

大概哥哥從那時開始在女孩子面前就很吃得開了，所以即便年紀比他大、長得又漂亮的表姊這樣子調戲他，他也不會臉紅，一派氣定神閒，說：「對啊，這樣很好，比較不會煩。」

「雙方的家長大概也會很欣慰吧。」

「能夠和毬繪住在同一個屋簷下，太棒了。」我說。

毬繪聽了對我點頭微笑。

「將來恐怕會有很多很多事要發生吧。」哥哥像是獨白一樣說道。

我到現在想起來，依舊覺得不可思議，搞不懂為什麼哥哥從那種年紀就好像已經看透了人生，也想不透為什麼他總是可以不斷有許多計畫和理想，不會在同一個地方躊躇不前，而且似乎知道如何打破現狀向前行。

我們一直沿著河堤走。水聲很大，轟轟響個不停，反而讓人感到平靜。由於三個人必須大聲說話，於是這些不成熟的想法，反而好像都帶著什麼特定的意義似的。

我常回想起這個河川一直延伸得老遠的黃昏光景。

哥哥離開這個世界，到現在已經滿一年了。

今年的冬天多雪。或許是這個緣故，我很少在夜晚出門，多半在家裡窩著。雖然身分是大學生，因為篤定要讀大五，所以連補考也免了。像這樣時間很多心情又輕鬆，卻不知何故，我拒絕了所有滑雪或溫泉之旅的邀請。或許，我是耽溺於身邊白雪皚皚的景致吧。平日熟悉的街道鋪上一層白色，有如科幻世界一樣，非常迷人。彷彿一切都靜止了，靜止在時間的收容所中。

今晚也下著雪。輕輕飄落，緩緩堆積。爸媽都睡了，貓正安眠，家裡面靜謐無聲。或許過分安靜了，遠處廚房冰箱的馬達聲，還有奔馳在深夜大道上的車聲依稀傳入耳中。

我埋首讀書，因爲太專心了一開始並沒有感覺什麼，突然抬頭，發現一隻白色的手，沒錯，正「叩、叩、叩」敲著窗玻璃。那種場面，使得室內的空氣整個像陷入怪談的魍魎世界般突地一震。我大概是嚇過頭了，講不出話來，只定定看著窗戶。

「芝美！」

伴著吃吃笑聲，毬繪熟悉的聲音從窗外透過玻璃傳了進來。我起身走向窗邊，打開窗戶望下一瞧，渾身是雪的毬繪正抬頭衝著我笑。

「我的媽呀，嚇死我了。」

我一邊說著，依舊不敢相信毬繪突然出現這件事，感覺好像做夢一樣。她直到三個月之前還一直住在這個地方。

「還有更嚇人的呢。」

她說著用手比比腳下。在黑暗中，就著窗子透出的微光我凝神一看立刻叫出聲來；毬繪沒有穿鞋子。雪花不斷被風吹進屋裡來。

「趕快進來，從大門那邊。」我說。

毬繪點點頭，繞道前院進來。

我拿給她一條毛巾，又把房間的暖氣調大，然後問她：「到底發生了什麼事？」站在玄關的她全身都濕濕的，兩隻凍僵的手非常冰冷。

她倒是對冷熱沒什麼特別的感覺，兩頰紅通通的，說：「沒什麼事啊。」

她脫掉溼濡的襪子，坐下來將兩隻裸足放在暖爐前面。和毬繪很親暱的貓咪從門縫進來，到她身邊磨磨蹭蹭。她在家是隻籠中鳥，沒有先跟家人講好的話是不可以跨出大門一步的。大概她在窗邊看到下雪有感而發，渴望到外面走走，但又不想讓家人知道，於是連鞋子也沒穿就從窗子爬出來了。好在她的房間是在一樓。……我看著正輕撫貓咪的毬繪，想像她之所以這副德性的可能情景。

毬繪站起來，問道：「要不要喝咖啡？」

看我點點頭，她打開房門，躡手躡腳前往廚房。貓咪蜷曲在毬繪剛剛坐的地方，不禁讓我懷疑起她前一刻還在這裡的眞實性。沒錯，她跟我們住的時候就跟一隻貓咪差不多，她天生走路的腳步輕盈，如果沒理她，她就不發一語在那邊發呆，要不就是睡覺。無形無影，存在感極爲稀薄。

她從前不是這樣的。

她給人家的感覺是禮拜一上英語會話，禮拜二游泳，禮拜三喝下午茶，禮拜四揷花……不管什麼場合都非常活躍，不管做什麼都很出色的那一種人。那時節的她，無論置身何處，都散發著無以名狀的光彩。她絕對不是超級大美女，卻很有型，腳又長；五官小巧纖細，搭配合宜，給人一種清純的印象。然而現在的她，只剩下靜默無言的模樣；並不是她不再用睫毛膏或搽口紅，也不是因爲她已經二十五歲的緣故。

我想毬繪一定已經將她對外界的一切反應都關閉了起來，然後讓身心進入休憩狀態；因爲對她而言，人生就是苦。

「咖啡，要不要加牛奶？」

當我想得正出神的時候，毬繪已經笑著將咖啡端到我面前。

「謝謝你。」我說。

毬繪一如以往，一隻手拿杯濃濃的黑咖啡，臉上都是笑意。

「今晚準備留下來嗎？」我問她。

毬繪住的房間依舊當作客房，因此也沒有什麼變動。話雖如此，當毬繪還住在這裡的時候，她既不太讀書，也幾乎不出門，連音樂都很少聽，簡直把這裡當做旅館，只是睡覺用的。

「不，我還要回去。」毬繪搖搖頭，「一不小心還是會變得很麻煩，所以在還沒形跡敗露之前得趕快回去。只不過是想找個人說說話，我想這個時間你八成還沒睡。」

我說：「那等你要走的時候我借你一雙鞋子。你說想找人說話，有什麼事嗎？」

「其實根本沒什麼事，只是想出來透透氣。」毬繪說。

由於是深夜，兩個人不約而同壓低了聲量，因此隱約可以聽到雪降的聲音。罩了一層霧氣的窗戶外面，白色雪花在黑暗中飛舞。所有的景物彷彿散發著微弱的光。

「好大的雪。」我說。

「嗯，我想今天晚上會積雪。」她好像一副無所謂的樣子。都敢深夜赤著腳踏著瀝青路面走來了，再怎麼冷大概也不在乎吧。長長的髮，小小圓圓的唇，她的側臉對著我，面無表情地翻著新雜誌。

毬繪要走的時候，我送她到大門口。

雪越下越大，在眼前撩亂飄飛。家門口附近的馬路，因爲夜暗和大雪的緣故都快看不見了。

「如果，」毬繪笑著說：「明天早上你接到一通電話，說『毬繪昨天深夜去世了』，一定很可怕吧？」

「閉嘴，不要再說這種話了；我可是半夜還一個人醒著沒睡呢。」我大聲說道。

其實，坦白說從剛才就一直有類似的感覺。

下雪的夜晚，赤著腳前來輕敲窗戶的表姊。

「喔，對了，昨天，我難得又夢見了芳裕呢！」毬繪從口袋取出深紅色手套戴上，一邊嫌我借她的鞋子太大，一邊說道。冰冷的空氣鑽刺著肌膚，這時她那澄亮的聲音在夜晚特別顯得清脆。

「眞的是好幾個月以來第一次夢見芳裕，夢到他穿著黑色外套的背影。當我走在路上，看到前面人潮中有一個熟悉的背影。那是誰？到底是誰？爲了弄清楚我從後面追上去。越接近對方，我心臟就跳得越兇，感覺很不舒服，而且非常激動。那是令人憐愛的背影；不知道爲什麼，自然湧起一股疼惜之情。好想飛奔過去，緊緊擁抱著他。當我的手要放到對方肩膀上時，突然我想起了這個人的名字。『芳裕！』我因爲聽到自己的叫聲而驚醒。我那時睡在客廳沙發上，媽媽聽到聲音還從裡面房間走出來，問我是不是在叫她。我說：『做了一個好可怕的夢。』的確，可怕極了。」

該說的話說了，她笑著揮手和我告別。毬繪就這樣消失在雪白天地中。

當哥哥突然決定回國時，我從國際電話的語氣裡，淸楚知道他和莎拉的關係已經不行了。不知道爲什麼，直覺就是這樣。

「這裡已經沒什麼想做的事，我要回去了。」哥哥說。

「我去接你好嗎？」我問。翹個課到成田機場走走也不錯。

「如果你眞的有空的話。」哥哥說：「我請你吃飯。」

「太好了，我正好沒事。對了，要不要找誰一起去？那些去機場送過你的女孩子之類的。」

這時，雜訊中傳來哥哥的聲音，「那麼……就找毬繪吧。」

毬繪。

哥哥所說的那個名字，我一下子沒辦法和表姊連結在一起，於是有些遲疑。

「毬繪？為什麼是她？」

「我接過她好多信啊，而且她半年前來過這裡，我們和莎拉三個人一起吃了頓飯。就是這樣，請你跟她打聲招呼吧。」

我那時已經察覺哥哥對毬繪產生了好感。哥哥也沒對我隱瞞，堂堂說出毬繪的名字。

沒錯，哥哥和毬繪從小就很自然地喜歡著對方，總讓人聯想到這兩個人早晚會談戀愛什麼的。等年紀大了，又有了愛情，兩個人將越是難捨難分。

我打電話給毬繪，問她想不想去成田；毬繪爽快地答應了。她還告訴我，她去紐約的時候，曾經繞道波士頓去看過芳裕一次。

「晚上，我們一起吃了飯，三個人，包括莎拉。莎拉樣子變了很多：比以前瘦，更像個大人了，但很少說話，也很少笑。芳裕則和過去一樣開朗，不管他人在日本或在波士頓似乎都沒什麼差別；他對莎拉的態度也是。只不過莎拉看起來好像非常疲憊的樣子。我當然無從猜測當中發生了什麼事，但感覺得到，他們的關係已經走到了盡頭。……我有些擔心，回國之後給芳裕寫了信。不過他只回了封很一般的信，說些莎拉情況還不錯啦、莎拉是個很好的女孩啦、很想念日本啦、想吃鹽漬魚卵啦什麼的。芳裕是個好人，我眞的這樣認爲。在波士頓夜晚透明的空氣中，對著一直凝視自己、而自己也非常在乎的女孩，他絕對不說一句現任女友的壞話。陶醉在旅行之中的我好好做了一番反省，覺得一顆心好像被清洗了一下下，於是寫了封信向他表達歉意。他眞的很好。」

最後，我央請男友開車，載我和毬繪前往機場。

那天的風有點冷，卻是個美好的秋日下午。透明的陽光穿過機場的落地窗，投射在入境大廳。飛機稍有誤點，當廣播宣佈班機抵達的訊息後不久，旅客就魚貫出現了。

毬繪將長髮綁成馬尾，結打得死緊。收束得如此用力，似乎也反映了她內心的緊綳與不安。

「你怎麼了，毬繪？」我問她。

「我怎麼了？」毬繪說。

她穿著一件藍色毛衣，配一件淡黃色窄裙。倒影反映在大廳白色地板上，她就像女主角一樣，露出端整的側臉，凝神注視著監視螢幕的畫面。在諾大空間中，她比周圍前來接機的任何一個人都來得醒目。一直沒看到哥哥的蹤影，而附近已經陸續展開重逢的熱情場面；列隊出境的旅客如今也變得稀疏起來。我牽著男友的手，一邊抱怨「怎麼這麼慢」，眼睛其實不是放在監視螢幕或旅客的行列上，而是看著毬繪，看著她那使得一切相形失色的優美身影。當哥哥推著旅行用大皮箱出現時，毬繪立刻排開人群，好像行走在夢境般，以不可思議的速度步向比離開時稍顯疲態、也成熟了許多的哥哥前面。

「喲，各位。」哥哥看著大家舉起一隻手打招呼，然後直視毬繪，說：「真是好久不見了，毬繪！」

毬繪微露笑容，以前所未有的大人語氣說：「歡迎回來。」

她低沈的聲音混雜在大廳的喧譁中傳到我的耳朵。

「他們是一對嗎？」什麼也不知道的男友問我。我想反正今後也會往那個方向發展，懶得解釋，於是點點頭。我看到毬繪和哥哥說話的模樣，她顯然有好多話想跟哥哥訴說。只見哥哥聽了不斷點頭說「好，沒問題」，然後從後面將手搭在她肩膀上。

「昨天很晚的時候，毬繪是不是來過？」媽在早餐桌上問我。

我嚇了一跳，說：「你怎麼知道？」

「半夜起來上廁所，看到她在黑漆漆的廚房泡咖啡。我睡意正濃，一時也忘了她早已不住在這裡，隨口問她一句『還沒睡啊』，她就回答我說『嗯，舅媽』，然後笑起來。我問完就回房間繼續睡覺去了。看來，我並不是在做夢。」

「對啊，她突然跑來。」我說。

從無雲晴空灑下的陽光停佇在積雪上，窗外是一片眩目的白。看著看著，不禁有些睡意朦朧，也有一種焦躁的奇怪感覺。電視大聲播報著晨間新聞，房子裡流淌著陣陣朝氣。爸爸已經出門上班，媽和我吃著有點晚的早餐。

「她在那個家是不是過得不太順心啊？」媽問道。

「那個家……媽，那邊可是毬繪眞正的家耶；還有如假包換的父母呢。」我笑了，我很清楚媽媽的意思。

「和她一起生活這麼一段時間，我實在喜歡這個孩子。」媽說。

媽已經不提哥哥的事了，倒是一年來變得對毬繪很體貼注意，藉以轉換心境。我不時想到，生下那樣一個兒子，把他養大，然後又失去了他，這一切是多麼不眞實啊；因爲超乎想像。我只是點頭回了聲「嗯」，就繼續嚼我的麵包。毬繪還住在這邊的時候，總是幫媽媽做許多家事，或是幫忙搬東西。對於從來沒做過這類事情的她而言，大概可以因此忘卻一些不愉快吧。吃飯的時候，她一定面帶微笑，不斷稱讚「好好吃」，遇到同時都要使用浴室，她立刻伸出手來讓道「你先請」，讓我強烈感到她良好的教養。但到底她並不是眞的生活在這個家中，她只是像鬼太郎或小叮噹❷那樣教人喜愛的同住者，其實是夢幻般的存在。

唯有當毬繪哭泣的時候，我才會眞正意識到她是家裡一個「活生生的東西」。她剛住進來的那段期間，每次我半夜去廚房泡咖啡，一定看到她一個人在客廳流淚；後來這個現象才慢慢減少。深夜時刻發自幽暗的嚶嚶哭泣，像是梅雨季節的綿綿細雨，滲透到人的心底；以致那段日子我的心情也跌到了谷底。那是一種置身世界盡頭般空虛的氣氛。還有，那時如果我們都外出，只剩下毬繪一個人在家，她一定會一直待在被維持原狀的哥哥房間。我從外頭回來，沒看到毬繪的人影，就會很擔心地上二樓找她，然後發現半開的門後面，毬繪蜷縮在那個充滿哥哥個人色彩的房間哭泣。洗澡的時候也一樣。常常我想緊接在毬繪後面入浴，前往浴室途中，在過道和她擦身而過，就看到剛洗完澡全身冒著蒸汽、臉色紅通通的毬繪，雙眼紅腫，而且鼻子不斷啜泣。洗澡水不會變鹹嗎？……邊想邊泡進浴缸，在濕熱的蒸汽中，我總是覺得非常難受。

眼淚能夠讓人復原，這種說法應該有它的道理吧。

因爲毬繪就是歷經這些情況後，漸漸的停止了哭泣，並且安然無恙返回她自己的家。

「請你跟她說，下次找個可以好好談話的時間來吧，如果你有遇到她的話。」媽說。

「嗯，碰到她我會告訴她。」說著我站了起來。

到學校去，交了幾個報告後，想到也許可以去清理一下自己的櫥櫃，於是前往儲物室，發現櫃子上貼了一封給我的信。拿下來一看，原來是朋友研一（Genichi）寫的。

還你錢
後天中午請打個電話　研一

他向所有認識的人都借過錢，最後破產，一走了之，再也不來上課了。我總共借了他五萬圓，但從來不敢奢望他會還錢。哥哥也是這一號人物，所以我非常可以體諒。聽說他借的錢總額非常驚人，每個債主都快氣瘋了；我借給他錢以後，只會在看到想買的衣服時，浮現「如果現在有那五萬圓的話……」這樣的念頭，此外就沒什麼感覺了。其實他的人還不錯，但這是另外一回事。世界上有那種既善良又會準時還錢的人嗎……可是他現在為什麼要還我錢呢？我歪著頭想，一邊將信折疊起來放到口袋裡，走過處處殘雪的中庭。

「嗨，芝美。」

聽到有人喊我的名字，轉頭一看田中（Tanaka）就站在那邊。他也是借錢給研一的苦主之一。

「喂，你聽過研一說要還錢嗎？」我問他。

「沒有，完全沒有！別逗了。我借了三萬給他；後來他和女朋友跑到夏威夷去玩，裡面用的就有我的錢。」

他還是氣憤難消的樣子。

「夏威夷？」

「對啊，他交了一個還在讀高中的女朋友。」

「我的天。他回來了嗎？」

「誰知道啊。」

「喔。」

看來研一打算還錢給自己在意的人。我邊想邊點著頭。

「怎麼了，他曾經和你聯絡過嗎？」田中問我。

我搖搖頭，「沒有啊。」

人家難得說要還錢，我不想把事情變得太複雜。

「……對了，你表姊，最近我常碰到她耶。」

「在哪裡？」我問他。

毬繪和田中只是點頭之交。

「哪裡啊？……就是交叉路口營業到清晨那家店嘛，要不就是路邊啦、網球場等等，總之，基本上就是在那一帶，時間大多在半夜吧。」

「在半夜啊？」我邊聽邊點頭。

毬繪的深夜徘徊不只是昨晚而已。說她是夜遊，卻又不是那麼精神奕奕，反倒比較像是夢遊症的徬徨。

下雪的深夜裡，她抬頭看著我房間窗戶透出的光，這是如何一個光景呢？由於外面的黑暗，是不是襯托出房間裡面特別的明亮、特別溫暖呢？

想著想著，稍稍有些悲哀的感覺。我和田中又說了些話就散了。

打工結束後，回家的路上，想試試看能不能遇到毬繪，於是前往那家昏暗的店。店內的照明本來就不怎麼亮，主要還是面對墓園，四周比較暗。毬繪坐在裡面，手肘撐著桌子。我走到她身邊，叫了聲「毬繪」。

「啊，來得正好。」毬繪說著，指了指旁邊椅子上放的一個紙袋。

「來得怎麼正好啊？」我坐在她對面問道。

「裡面是你的鞋子啦。」

「原來。」我笑了。

「拿去。」毬繪也笑著將伊勢丹百貨的紙袋子遞給我。

紙袋當中，我那雙舊鞋子想必已經被晾乾，擦得亮晶晶，放進漂亮的盒子裡。一切都處理得妥妥貼貼，我想，這都是毬繪逝去的過往養成的良好習慣；有如看著幽靈，我滿懷憐惜之情凝視著她。

「那，你是正準備到我們家去囉？」我問。

「去過了，不過你的窗戶暗暗的，所以我想先回去再說。」毬繪答道。

我點了一份gin tonic（琴酒調蘇打水），然後轉達媽媽要告訴她的話。

「媽媽叫你白天去，不要深夜到訪，以為是做夢看到的，挺尷尬。」

毬繪聽了哈哈大笑。

「難怪，當時舅媽睡眼惺忪的，問我一句沒頭沒腦的話，我也就順著回了她一句。」

「她自己也是這樣說。」我說。

然後我們都沒再說什麼，靜靜喝著飲料。突然毬繪眼睛睜得大大的，看著窗外的車流。雖然她的神色沒有那麼慘然，但比較她少女時代，最怕晚睡的她，絕對不會到了深夜還不睡，即使來我們家，過了十點肯定上床躺下；這個我從小就熟識的堂姊，如今卻因故而變成了另外一個人似的。

「莎拉懷過孕，你知道這件事嗎？」毬繪突然問我。

我當頭一愣，腦子裡莎拉這個名字和懷孕這件事盤旋了好一陣子，然後才弄懂毬繪所說的話。

「我完全不知道。」

「了解，我也是現在，猛然想起這件事來。在這麼暗的地方，聽著聲量放得很大的音樂，漸漸的，許多遺忘的事情就會朦朦朧朧浮現腦海。還有啊，那邊的桌子不是坐了一個藍眼珠的傢伙嗎？從剛才一直坐在那裡。於是我忍不住想到，莎拉現在不知道過得怎麼樣……」

「她懷的是哥哥的孩子嗎？」

「那我就不曉得了，哈哈哈。」毬繪笑著說：「莎拉很長一段時間腳踏兩條船，一個是波士頓的青梅竹馬，一個是芳裕。想想也很平常啦，一些到外地念書的男孩子，在學校和家鄉都各有一個女朋友，對不對？不過莎拉的情況是跨國的罷了。聽芳裕說，他是到了波士頓以後才知道這件事的。結果，芳裕想反正自己是日本人，早晚要回到日本，所以好像是他自己先放棄的樣子。莎拉曾經挽留過他；於是最後那半年，可以想像三個人關係之混亂。芳裕對於處理這種情況最頭痛了你也知道，所以肯定會一直採取逃避的態度。可是人在國外，還有什麼別的地方可以躲呢？又沒有可以投靠的人。在莎拉而言，她到日本來，邂逅了芳裕，對芳裕也是一見鍾情，所以她的處境同樣棘手得很。以前，當我和芳裕還沒有特別親近的時候，她常向我提起這件事。她說她在波士頓有一個關係穩定的男友，可是又非常喜歡芳裕；兩個人的國籍不同，她現在來日本當交換學生，可是很快就得回國去，心情非常矛盾……關於莎拉懷孕的事，芳裕說他也不知道事實眞相，可他說即使這件事是眞的，小孩也絕對不會是他的。」

「完完全全，聽都沒聽過。」我邊說邊想著許多事。

我所不知道的，當然不只懷孕這件事而已；她在波士頓已經有一個男朋友我也沒聽過。那時的莎拉，看來只對戀人的妹妹講她在日本期間的夢想。她面對天真的我，也只表現出哥哥完美的戀人這一個形象。我想起她幫我做作業時透明的金色瀏海，想起她沒有一絲陰影的眼珠。不不，她不是裝出來的，我相信那時的莎拉完全是真心的，她的眼神告訴我她毫不懷疑事情總有柳暗花明的一天……會不會，她那時提到所謂企業界的人，就已經透露了波士頓戀人的訊息？哥哥只是一個把莎拉的人生軌道扭轉，然後就此消失不見的存在嗎？

……不論怎麼想也不會完全搞懂的。我只知道，比起我，比起哥哥和毬繪，莎拉在那時已經是個十足的大人了，令人同情的大人。

在我惺忪的醉眼看來，現在闃寂的店內彷彿整個被黑暗所籠罩，我看不清遠處櫃台那邊和客人閒聊、顯得很陰鬱的女店員，看不清那個和男友臉靠得很近的長髮大美女，也看不清窗戶旁邊那個翻著雜誌一臉稚氣的抽菸女孩，眼前只有毬繪清楚的輪廓。到底發生了什麼事？我出神地想著。

「嘿……會不會莎拉現在人在日本？」毬繪問道。

「怎麼會？你又不是不知道，她就是一個留學生嘛，而且已經是好多年前了。連哥哥去世的時候，她也沒來啊。」我有點驚訝地對她說道。

她也了解如果莎拉真的來日本，我一定不會刻意隱瞞不讓她知道，因此表情和緩下來，說：「昨天，我接到一通很奇怪的電話呢。」

「什麼樣的電話？」

「當我拿起話筒說『喂』，然後對方一點反應也沒有。我也不講話，用心聽了好一會兒，可以隱約聽到講英語的男性聲音。當然也有可能我聽到的只是ＮＨＫ播出的英語會話教室之類的聲音啦……不過，我感覺到那種沈默的密度……好像隨時要發出聲來，而且充滿了困惑，所以我才會這樣聯想的。」

「原來如此。」我說。

其實那時，坦白說，莎拉不莎拉我一點都不在乎；令我覺得害怕的，是毬繪提到和死去的哥哥相關的話題時，那種有如家常便飯似的語氣。

「如果你有什麼消息，別忘了告訴我喔。」

「嗯，我會的。」

聽我這麼說，毬繪笑了起來。

分手時，毬繪大聲地說「再見啦」，好像現在還是大白天的樣子，然後輕盈地離去。我仔細聽，確認柏油路上有她的腳步聲後，也走入夜晚的街道。

我讀中學的時候，有一次因爲父親發生外遇，造成爸和媽同時都不在家的情況。事情發生在隆冬時節。

合當有事，爸爸其實只稍稍偷了下腥，卻讓媽非常歇斯底里，於是她把我和哥哥丟在家裡跑回娘家，爸爸知道了趕忙過去想把她接回來；但談判大概有些僵持不下，我們兄妹就這樣被遺棄在家。或許會以爲我們的處境很慘，其實根本不是這樣。首先，我們叫毬繪來家裡住。接著，趁家庭失序的混亂狀態，我們拿著提款卡領了好多錢，盡情購買喜歡的東西；而且每天晚上喝酒喝到第二天起不了床。在那時的我看來，十八歲的毬繪已經是個非常漂亮的成熟女性。

記得我們曾經三個人擠在一起睡。

那天下著雪，天寒地凍，是個冷得教人一點也不想起床上廁所的夜晚。冰冷的霜風怒號，從窗玻璃的另一側一直要往屋裡頭竄。

室內非常暖和，酒足飯飽的三個人，那晚連衣服都沒脫就躺在電暖桌的被子底下睡了。首先是哥哥發出了鼾聲，而毬繪也昏昏欲睡地躺著；我倦極欲眠，眼睛都要張不開了，於是默默地躺下，正好和毬繪四目相對。毬繪說「那，就在這邊睡吧」，說完撐起上半身，在哥哥的臉頰上親了一下道聲「晚安」。毬繪看我一副吃驚的樣子，於是為了公平起見，笑著也給我一個長吻。

我說「非常感謝」，毬繪回我一個微笑，然後若無其事地躺下來，閉起雙眼。被無聲飄降的雪包圍的深夜，我凝視著她落在白皙肌膚上的長長睫毛陰影睡去。

結果，爸爸和媽媽直到四天後才回來，看到家裡面亂成一團，我們又打扮得很講究，還在那邊為宿醉所苦，大驚失色，於是歸罪於哥哥，把他訓了一頓。

但是哥哥不是省油的燈，理直氣壯地辯解道：「想到爸爸和媽媽很可能會分手，我們心亂如麻，才會這樣的！」一席話讓爸媽痛哭流涕。真是太過癮了。

那時的夜晚似乎非常明亮，而且悠長如永恆。哥哥那淘氣的眼神，好像總是看著位於遙遠彼方的風景。

彷彿寬銀幕一般。

或許這就是以赤子之心所仰望的「未來」也說不定。在那些日子裡，哥哥一定目睹了什麼讓他不畏死亡的心象風景，同時也看到了什麼讓他不得不在夜與夜之間流離徬徨的事物。

是的，到了哥哥人生的後半段，他幾乎都不在家，於是在我眼中，哥哥已經不是小時候的他，反而更像是一個陌生的男人。

可是，像這樣和毬繪說話的時候，或是夏季熱得受不了，每個人怨聲載道地把冷氣轉強的日子，還有在颱風來襲的夜晚，我就會特別懷念哥哥。他這個人，不管是近在眼前或遠在天邊、活著或者死去都一樣：他的聲音笑貌總是突然浮現眼前，叫人情緒激烈起伏，心痛如絞。

清晨時候尚早，電話鈴響了。

電話就放在我房間門外，我睡眼惺忪走過去拿起話筒。

「喂，這裡是山岡（Yamaoka）家。」

當我說完，聽到對方突然驚訝地「啊」了一聲，女性的聲音。難道就像毬繪說的，那是莎拉嗎？我把聽到的聲音試著和遙遠的記憶比對，但一點頭緒也沒有。感覺有點像，可是又不太像。

「莎拉？」我問道。

接著，有一段靜默的時刻，感覺電話隨時要切斷的樣子。那種靜默，既非否定，也不是肯定。

我剛從睡夢中被吵醒，此時此刻還不到可以思考的時候。而且腳步蹣跚，頭腦裡面漩渦般湧起許多朦朧的念頭。

或許莎拉當眞人在日本，可是因爲種種理由無法暢所欲言，甚至連名字都不方便說出來……好像她只是想確認一下以前的朋友是否無恙。

但這些無非我的臆測罷了。沈默並未透露任何訊息。

「等等，莎拉。」我說。

在睡夢的汪洋中，我的嘴裡勉強擠出幾個英文字。電話並沒有切斷，於是我繼續說下去。

「我是芳裕的妹妹芝美。

我們見過好多次面，也曾經給對方寫過不少信對不對？

我已經二十二歲了。

你一定也變了不少吧？

我們之間或許不再有任何關係，但在內心某個角落我卻一直記掛著你。

前些日子，我又發現寫給你的信件草稿，於是忍不住回想起你幫我做功課的點點滴滴。」

當我講完，電話彼端傳來一陣輕微的唏唏嗦嗦，也可以聽到有人來來往往腳步雜沓的聲響。接著，在短暫的靜默後，激烈的抽咽聲逐漸加大音量，傳進我的耳膜。我吃驚極了。

「莎拉？」我說。是莎拉在哭。

「Sorry……」細微的，但的確是莎拉的聲音在說話。

「莎拉，你在日本嗎？」終於可以說上話了。

「嗯，可是，我們沒辦法見面。」莎拉說道。

「你是，和別的男性一起來嗎？不能在房間裡打電話嗎？你那裡是旅館吧？」

莎拉沒有立刻回答，一直哭個不停。

「我只想知道你是不是一切都好。聽到你的聲音，眞的非常想念你，也想到你家的種種……還有在日本許多愉快的事。」

「莎拉，你現在，幸福嗎？」我問她。

「嗯，我結婚了。」

我首度聽到她在電話筒的另一邊發出笑聲。

「沒事，我沒什麼問題，你別擔心。」

「是嗎？太好了。」我說。

突然莎拉說道：「芝美，請你告訴我，芳裕死的時候，是不是一個人？……我的意思是，他那時有沒有眞正的愛人呢？我只想知道這些。」

看來，莎拉一定感覺到什麼了。毬繪去波士頓的時候，已經從她的表情，還有哥哥的眼神裡看到了什麼。哥哥每次看毬繪的眼神都很不可思議，好像整顆心完全地平靜而澄澈，好確認眼前這個人的氣息、動作和笑容。

想必莎拉也注意到了。

「是，就他一個人。」我很技巧地向他說謊：「女朋友雖然不少，可是並沒有眞正的愛人。」

「喔……對不起，儘問些無聊的問題。……來到日本，我的情緒也緩和了許多。能夠和你講話，覺得好高興。都是因爲你的緣故。」莎拉說道。

這時的她，已經不是不得已必須打無言電話、因爲痛苦與感傷而啜泣的莎拉，而是我所熟悉的理性而鎭定的莎拉了。

「就說到這裡吧，你多保重。我得回房間去了。」莎拉說。

「好……再見。」我說。

我完全清醒過來了。窗外的天空晴朗的部份與陰霾的部份搭配出絕妙的層次來，整個屋子裡燦亮得甚至有些悲哀。好奇怪的天氣，我邊想邊對莎拉說：「莎拉，祝你幸福，我祝你獲得眞正的幸福！」

「謝謝你，芝美。」

說完她掛上了電話。

——我覺得我似乎達成了一個心願，也因此有些奇怪地陷入極度的傷感。這時我不禁佩服起接到無言電話立刻感知莎拉人在日本的毬繪來。毬繪帶著毫不猶豫的眼神告訴我她的想法；她想必都了解的吧。或許對如今正徘徊在夢幻與現實之間的毬繪而言，當她拿起電話的刹那，就已經知曉對方是誰了也說不定。

下午，給研一打了通電話。那是約定好要「還錢」的日子。

「喂喂？」

「哦，喂喂，芝美嗎？」

「不是說要還我錢嗎？」

「啊，因爲打工賺了些錢，可以一次還淸。」

「聽說你拿了我的錢跑到夏威夷去玩，眞的嗎？」

「夏威夷——？胡扯，是熱海（Atami）啦，熱海。」

「可是大家現在都說是夏威夷吶。」

「八成是把我所借的金額加起來，正好可以去一趟夏威夷才這樣說的，這些人渣。田中借的錢我已經還他了。」

「去熱海，爲什麼？」

「待會兒再告訴你嘛，我們在什麼地方碰面？看你的方便喔。」

「那就一點鐘在K旅館大廳見。」我說。

我記得K旅館是莎拉的父母來日本時常住的地方。我是抱著一點期望的。剛剛，我曾打電話到旅館櫃台，詢問莎拉這個人，對方說沒有這樣一個房客。即使如此，我依舊懷抱希望。

「O.K.」研一說著把電話掛上。

在旅館大廳這種地方，縱使人再多，基本上還是有些空曠。我到的時候，並沒有看到研一人影。我讓整個身子塌陷在沙發中，注視著四周的人群。

外國人非常多，雖然裡面並沒有莎拉。多半是西裝革履的生意人，高聳的天井中唧唧喳喳的英語對話聲彷彿音樂般四處飄盪，讓我越發的無精打采起來。

不久，就看到研一從落地玻璃門外走進來。

「錢，還你。」

他一走到我面前，就拿給我一個信封。我沒說什麼，伸手收下；總不能跟他說謝謝吧。

「你現在有空嗎？」

「嗯，沒問題啊。」

「那我請你喝茶。」說著研一就在我對面坐下。

邊喝茶，他笑著說道：「哎，人言可畏啊。夏威夷，我想都沒想過呢。」

「可是，將近二十萬，你都花到哪裡去了？如果你不想說就不要說。」

「說就說嘛，我跑到熱海瘋狂玩了一趟。那裡不是有一大堆很棒的旅館嗎，我每天享用最好吃的東西，開著車到處遊逛，前前後後兩個禮拜。你看你看，我的皮膚是不是很光滑？」

「和女朋友一起？」

「對啊。」

「好像是個高中生？」我笑著說。

「哇，好厲害。」研一大笑，說：「錯——了！短期大學的學生啦。簡直是惡意中傷！我應該消失一段時間，看看這些八卦會膨脹到什麼程度。」

「謠言不就是這麼回事嗎？只要你一天不還錢，謠言就會一直誇張下去。不過，熱海兩個星期，一般的戀人大概也很少這樣玩的吧。」

「有錢又有閒眞的很舒服。……我是說，只要能夠從日常生活掙脫出來，不管做什麼都覺得很好。那個女孩，她爸媽剛離婚不久，情緒糟得一塌糊塗，我很想帶她出去走走，不過到國外未免太累，如果是個可以泡溫泉而且又不會無聊的地方最好。想歸想，我根本沒錢。」他笑著說。

「原來如此。」

「人都是這樣的，一旦開始墮落，就很難停得下來了。和她相處一段時間，受到她的影響，我自己也變得有些奇怪。她家裡出狀況，我是可以理解啦。譬如說，我們約好要見面，我照例遲到個十五分鐘左右，結果她就受不了，哭成一個淚人兒。我們其實不常見面，可是卻讓我很想和她好好愛一場。當然啦，我並不確定她到底有多喜歡我，不過我是豁出去了。」

「愛情嘛，大概就是這麼回事啦。」我笑著說。

毬繪的爸媽對於哥哥和毬繪的交往反對得那樣厲害，連兩個當事人都感到很意外。可是站在家長的立場來看，花了很多錢苦心栽培，又是學鋼琴、又是學英語會話的獨生女，當然不想讓她和一個花心的男孩子交往。

在他們不聲不響展開戀情期間，以及事情曝光被禁止交往後偷偷摸摸互通款曲期間，我一直關注著雙方的情況。前後處境差別之大，其對比有如光明和黑暗，但充分享受這個巨大落差而樂在其中的哥哥，以及因爲瞞著父母讓大家心驚膽跳而興奮不已的毬繪，我想他們是非常甜蜜幸福的。

鈴響兩聲然後斷掉，是毬繪打電話來的暗號。

聽到鈴聲前去接聽的哥哥腳步何等輕快。

哥哥是在偷偷前往約會地點的途中遭到交通意外，最後死在一家普通醫院的急診室。爸爸自己是大醫院的外科醫師，如果早點知道哥哥出事並立刻趕過去，或許哥哥還有救也說不定。

還有比這更不是滋味的結局嗎？毬繪的狀況之所以如此低迷，那是因爲事情發生在「等待」的時刻；她在站前一家咖啡店等哥哥。那是大家喜歡用來等人的明亮咖啡店。她不斷續杯，吃了兩塊蛋糕，喝了一杯檸檬蘇打，還點了冰淇淋……前後等了五個小時。當她沮喪地回到家裡，卻聽到戀人死亡的消息。

事後，毬繪跟我描述她那天的心境。

「我的胃囊彷彿整個黑掉了，就像黑洞一樣。放任何東西進去，都像放到空中似的，不管多少、也不管什麼東西都裝得下。我的心一直擺在咖啡店入口，雖然隨手翻著雜誌，卻一個字也看不進去，眼睛在每一頁掃一下就過去。腦子裡想的儘是芳裕的缺點，而且越想越嚴重。隨著時間流逝，他暗黑那一面不斷在我身體裡擴大，最後覆蓋了一切。感覺就是這樣。我幾乎站不直，拖著沈重腳步走在回家的路上，時間已經是晚上。一回到家，我躺到床上邊休息邊等電話，然後想著，一定有什麼原因，只要能通上電話就會解釋清楚；我一直想個不停。」

於是等著等著，最後終於完全封閉了起來，她的心。

「差不多也該走了。」研一站起來說。

「嗯，總之，你能夠還我錢真的很高興，簡直像做夢一樣。」我說。

研一笑著說：「這些你就不必講了。」然後轉身離去。我也跟著他，在沙發之間穿行，踩著地毯，走向出口，邊走還邊瞄來瞄去，看會不會發現莎拉的蹤影。這時，我注意到櫃台那邊——背對我站著的金髮女性，她的背影很像莎拉：服裝也好，髮型也好，還有身高。

我對研一說：「對不起，我看到一個認識的人，那就這樣，再見了。」

研一說：「要是又聽到新的謠言別忘了告訴我。」然後走出大廳。

我有些緊張，慢慢靠近那個女子，想看看她的臉。地毯很厚，走起來怪不自然的，由於太注意地毯的事了，一直到腰部被撞了一下才回過神來。我一個踉蹌，趕忙讓自己站穩。到底發生了什麼事，定睛一看，發現身旁一個外國小男孩跌倒在地上。我伸出手把他拉了起來。

「Sorry.」

當我看到那個小男孩的眼睛時，突然一陣恐怖之感強襲我的胸部。褐色頭髮、深褐色眼珠的小孩。我慢慢調整我的視點，繼續凝視那個孩子。

「這是莎拉的小孩，也是哥哥的小孩，絕對沒錯。」我的內心一次又一次說道。

他的眼睛散發著一點也不怕生的強光；我從來沒有看過這樣的眼睛。稍稍噘著嘴唇的表情，好像穿著夾克的肩膀線條……視覺喚醒了所有的記憶。我好想告訴毬繪；比起爸爸或媽媽，我更想對毬繪說。我使盡渾身力氣，裝出——因爲以後肯定無法再碰面了——一副從沒有在任何愛人面前展現過的溫柔微笑，問他：「你還好嗎？」

小男孩笑著點點頭，然後轉身輕快地離去。在他前面——

莎拉就站在那裡。

櫃台那邊剛才我以爲是莎拉的那個女子，顯然是我看錯了；主要是莎拉變了好多。

可是如今站在前面這位，無疑是昔日的莎拉。

非常有耐心地教我「冰箱」英語發音的莎拉；猶殘留著少女特徵的莎拉；性格稍稍軟弱卻非常純真的莎拉。

現在的莎拉，穿著深藍色套裝，剪一頭短髮。她在大旅行箱旁挺立著，身邊還有一個金髮的小女孩黏著她。男孩走過去，和小女孩親熱地談話；應該是一對兄妹吧。一個美國青年在櫃台結過帳，走向他們，好像在說「久等了」——

就在這個時候，莎拉看到了我。

她那碧藍色透明的眼睛，首先現出一陣驚愕，接著就是無比哀傷地注視著我。好像爲了確認是我，她一次又一次眨著雙眼。我也看到她的嘴角輕輕上揚。

我終於了解了一切：莎拉想見我和毬繪卻不能、想說話卻不方便的理由；人在日本，不打個電話不行的掙扎；那個青年和莎拉共同克服的無數痛苦……爲了表達我的意思，我向她用力點了一下頭，然後轉過身子。想必這個幸福的美國家族馬上就會離開旅館，想必只有莎拉會一再回頭看我。

過了幾分鐘，我轉身確定他們已經走了之後，突然感覺身子一陣虛脫，於是再度頹坐到沙發上。頭昏昏的，碰觸過那個小男孩的手依舊充滿暖意。好像從那裡開始，有些什麼東西開始轉變似的。

看不到他們蹤影的旅館大廳空虛無比，彷彿裡面什麼都沒有了，只有杯子碰擊聲、人群的腳步聲，此起彼落。

疲憊莫名地回到家。

打開門一看，媽媽好像出去了，家裡暗暗的，而且非常安靜。我直接走到盥洗室，一邊慢慢洗著臉，一邊對著鏡子下定決心，對於今天所見，一輩子都不向人透露。看著鏡子上映著一張肖似哥哥的臉，我想起那對褐色眼瞳。我已經看到了，沒辦法。絕非偶然，是我自己刻意前往的。這個事實令我更加的虛弱無力。

準備回自己房間換衣服，經過客廳的門，突然聽到一聲：「芝美嗎？」嚇了我一跳，把門打開，就看到毬繪好像一直住在這裡似的躺在客廳沙發上，睜著惺忪睡眼。

眞是天曉得這是怎麼回事。

「怎麼會在這裡？」我問。

「哦，你昨天晚上不是叫我今天來這裡玩，我就來啦，誰知道一個人影也沒，呵——啊。」毬繪打了個呵欠。

「那你爲什麼不到客房的床上去睡？這裡睡起來不會不舒服？」我問她。

毬繪就像小孩子午覺一樣，蜷曲著身子側躺著睡。

「可是，房間那邊太亮了……」

說的也是，客房的窗簾拿去洗了。毬繪好像還沈浸在夢中似的發出半睡半醒的聲音。她的雙眼就像倦極欲眠時一樣，彷彿在遙望，非常的迷人。

「天氣已經變陰了喲。」

我以極爲誇張的溫柔語氣說著，走向她對面的窗戶，把窗簾拉開。房間瞬間被朦朧的光影佔領，我仰望多雲的天空，「說不定會下雨，或者下雪。」我說。

這時，毬繪突然驚跳起來，皺著眉盯著我直看。她的眼神幾近癡呆。

「幹嘛？怎麼了你？」我非常不安地問她；我甚至覺得我的不安都寫到了她的臉上。我很久沒看過毬繪這種詭異的表情了。

「等一下。」

毬繪說著，伸手握著我曾經和那個小男孩接觸的手。她抬起僵滯的臉定定看著我。

「你碰到芳裕了嗎？」

她的聲音是那樣細微，細微得幾乎要聽不見。我悚然一驚，好像用甩的一樣放開她的手。

我以乾澀的聲音說：「沒有。」怪怪的回答。

「對啊，我到底在說什麼。哪裡是你見到了他，一定是我剛睡醒，和夢境弄混了。」毬繪以囁嚅的聲音喃喃說道。

「搞清楚，哥哥早就死了。」我說。

「我知道。」毬繪淡淡說道：「只是，我做了一個夢，就在剛剛。夢裡面正好有你和芳裕見面說話的場景。在一個……非常明亮的，好像旅館大廳的地方。」

「哦。」我沒多說什麼，但我知道一顆心正被什麼東西慢慢的滲透。

「哇——眞的，開始下雨了。」毬繪抬頭看著窗外說道。

天色陰暗，可以聽到大粒的雨滴正鋪天蓋地降落在街道上的聲音。一層又一層的灰暗雲塊一直延伸到遠方。飛機已經從機場起飛了嗎？或是他們正在候機室和偶然邂逅的旅人親切交談？就在和當年送別哥哥還有接機的同一個地方，有著同樣的雜沓喧譁、同樣的燈火通明中地板發著光的地方。我像是要加以確認般，一一回想起那些過往的景象。

「毬繪，今天晚上一定會下雪；我打電話跟你媽媽說，你晚上就住在這裡吧。」

「好啊，就這麼辦。」

毬繪說著，背對著我看雨。我悄悄走出房間，把門輕輕闔上。

人家好不容易把錢還給我，於是撐起雨傘出門去。

下雨的午後，百貨公司特別有種明亮、溫暖、濕潤的氣味。我前往書店買了許多書，也買了好幾片CD。每一個賣場都空蕩蕩的，安靜而整齊，人影三三兩兩，連帶所有店員看起來都很優雅。

買了一大堆東西，錢卻沒有用完，於是喝過下午茶後，我又去買襯衫。由於買到了一件非常喜歡的，感到心滿意足，準備搭電梯回家時，經過寢具賣場，突然想到毬繪今晚要留下來過夜，於是又買了最前面展示的一套有襯裡、看起來非常保暖的深藍色睡衣。有了這件睡衣，即使半夜突然起來，也像是穿了外套一樣。

「送人的嗎？」店員問我。

「對，是送人的。」

聽我這麼說，她特別在睡衣包裝上面加了一只紅色緞帶。

啊，我懂了，毬繪老是穿著很薄的睡衣睡覺，由於這個印象，教我一直想送她一件厚的。

哥哥死後不久，毬繪也離家出走。

她這樣做，絕對不是抗議始終反對他們交往的父母，在事情發生後自作主張幫她以「盲腸炎」的理由向公司請了一個禮拜假，希望她藉以忘卻這段戀情。她說，她只是疲憊罷了。我相信她說的是眞話。其實她根本沒有把她飽受折磨的父母考慮進來。我儘是害怕，害怕在人前流淚，害怕除了要面對陷入一片陰慘氛圍的家人之外，還要面對其他問題，於是也沒跟她碰面。老實說，聽到她離家出走的消息，也沒有太強烈的危機感……不，我根本沒有多餘的氣力去擔心。

毬繪出走一個禮拜後，當我再度接到她母親半狂亂的電話時，我才開始有些反應；因爲我心裡已經有了主張。

時近初春，一個陽光帶來暖意、空氣中滿溢花香的下午，我沒穿外套就出門，搭上一輛電車。

毬繪和哥哥爲了避開別人偷偷見面，在鄰近的鎭上租了一間小套房。想來想去，毬繪最有可能躲到那裡。如果她已經死了……我在車上胡亂想。春意盎然的柔美景色不斷從窗外流逝，坐在椅子上的人們表情也是一片寧靜安詳。如果我來遲了一步，看到的只是一具屍體的話，我是不是會悔恨不已……和煦的陽光照進晃搖的車廂。應該沒什麼好悔恨的吧，當時我這麼想。爲什麼會有這個念頭我也搞不清楚，我只知道，當時確實這麼想。我目睹了發生在他們之間的一切，所以我想，不管毬繪做出什麼選擇，我都可以理解也可以接受。

是這樣的嗎？

我向管理人說明我是租借人的妹妹，向他們要了一把鑰匙，然後搭電梯緩緩上樓。按了門鈴，裡面沒有任何反應。我將鑰匙插入鎖孔，開門進去。房間非常暗，寒氣襲人。所有的百葉窗都放了下來，冰冷的感覺從腳底直往上竄。那時我已經設定眼前將有一具屍體橫陳，卻不會感到恐怖，只是一步一步往裡走。我很快就適應了房間裡的光線，然後看到把身體裹在毛毯中的毬繪。

我聽到她發出的呼吸聲。那是沒喝什麼毒藥、很健康很正常的呼吸聲。我試著把毬繪搖醒。「嗯——」毬繪揉著她的眼睛。我看到她的手從圓領衫的短袖中伸出來，嚇了一跳。注意一看，毛毯底下的她，就像盛夏在避暑勝地睡午覺一樣，只穿了件圓領衫和短褲頭。

「毬繪，你就穿這樣一路走過來？」我問她。

她搖搖頭，用手指了指旁邊的地板。那邊又是大衣，又是毛衣，還有長襪，全部散置一地。

這時的毬繪就像休克了一樣，呆呆的不發一語。

「毬繪，跟我回家吧。」我說：「我只希望你給媽媽打個電話，你可以一直住在我們家客房，你要一個人不受打擾也可以，把門關上也沒關係。」

毬繪沒有回答。房間實在太黑了，我看不清她的表情。只是毬繪過度冷淡的回應反倒把我弄急了。我只讓她把大衣穿上，其他衣物全部抱在手裡，一起走出房間。接著我叫了部計程車回家。毬繪在途中不只一次轉頭回望。我不知道她到底在看什麼，睜著一雙冰冷的眼睛，凝視後退的風景。

由於媽媽幫忙講話，加上毬繪堅持暫時不想回家，毬繪的爸媽最後同意她暫時住在我家客房。

至於那間只有哥哥、毬繪和我三人知曉的套房退租和搬遷手續，就都由我一個人料理了，雖然說不上有多難。總之我把所有家具都處理掉，並且順利解除合約。由於從頭到尾保密，所以做起來還挺累人的，不過我把解約金當作打工賺的薪水。因爲租期太短，而且又是提前解約，加上哥哥爲了安置櫥櫃在牆上打了不少洞，確實吃了對方不少臉色。

哥哥已經死了，毬繪又在家裡安住下來，把套房的事情透露給雙方家長知道其實也無所謂了；可是我很不喜歡爲了這件事，讓毬繪再度想起那間套房的冰冷。

逝者已矣。

回到家正好趕上晚餐時間，毬繪坐在爸爸和媽媽中間，就像他們親生女兒似的，微笑說道：「怎麼這麼晚才回來？現在可以開動了。」

爸爸馬上迫不及待吃了起來。房間裡瀰漫著熱湯的蒸汽，媽用鍋鉗夾著鍋子小心翼翼放到桌上，笑著說：「毬繪最愛吃的咖哩鷄喔。」

我坐下後，把別了緞帶的好大一包東西拿給毬繪，說：「送給你的禮物，因爲我有一筆意外收入。」

爸莫名其妙的鼓掌。

毬繪稍稍眯著眼睛微笑說道：「好像過生日一樣。」

雨轉成了雪，寂靜無聲地下著。

毬繪本來要在我的房間睡，不過最後我們決定一起到客房打電玩，然後就睡在那邊。

毬繪穿著我送她的藍色保暖睡衣，坐在我旁邊的棉被上。房間裡面非常暗，只有下著雪的窗外泛著白光。正在播報新聞的電視螢幕讓棉被一閃一閃的，我們聽到了今晚東京大雪的消息。

「去年都沒有下雪呢。」我說。

「咦，眞的嗎？我那時根本沒什麼心思，一點也不記得了。」毬繪笑著說：「好奇特的一年，像是做夢一樣。或許我現在的狀況比去年好一些吧。」

「從外表看起來，是有好一些。」我笑了起來。

「那個人，到底是怎樣一個人呢？」毬繪說道。她指的是哥哥。

「他呀，肯定不是人類啦。」我話中有話地說道。

他不過是個令人印象深刻的青年，意外地離開了人世，但他自始至終依照自己的意思認眞活著，這反而讓他的生命變成一個具有獨特意義的存在。

「每次回想起哥哥還在的時候，不管是他的笑容、聲音、睡臉，都會有一種教人爲之目眩神迷的奇妙心情。眞的曾經有過這樣一個人嗎？如果是眞的，那麼有關他的一切都是無可取代的。就是這種感覺。」

「你也是？」毬繪問道。

「我想莎拉也是。」我說：「所有認識他的人都一樣吧。」

那麼獲得后冠的到底是毬繪還是莎拉呢？我有那麼一瞬，非常嚴肅地考慮這個問題。實在難分軒輊，因爲這兩個人的生命都和他有著超乎想像的交集。

「這一年來，我想了許多事情。我問自己，爲什麼會走到這樣一個地步。」毬繪說道：「那一天，在機場墜入情網，等回過神來，人已經走到了這裡。身邊什麼都不剩，眼前則是無邊的黑夜。我慢慢的有些覺悟，知道應該抓住些什麼，可是，一伸手什麼也沒有。這個人，到底代表著什麼呢？我告訴自己，這裡面並沒有特別的意義。等我開始這樣想著的時候，心情也就稍稍平靜了些，可以睡得著了。」

我出神地回想今天所看到的莎拉，還有那個有著熟悉臉龐教人驚詫不已的男孩；我又回顧過去一年，守著影子般闃寂而黯淡的毬繪的日日夜夜，以及相去不遠，也是度過一段非常時期的我種種特殊的境遇。

我拉了棉被蓋在身上，說：「嘿，毬繪，我們的這一年眞是很不可思議呢。在人生的長流中，只有這段歲月，不管空間也好，速度也好，都和其他日子明顯有別；它彷彿被密封了起來，顯得好安靜。將來回頭看的時候，一定會看到這一段具有獨立外形而且泛著特別顏色的時光。」

「一定的。」

毬繪說完，也蓋上棉被趴著睡下。她下巴枕著手臂，然後把睡衣的袖子伸出來給我看，說：「就是這種深藍色囉。好像眼睛、耳朵、言語全部被集中閉鎖在夜晚裡面的顏色。」

雪下個不停，我們把臉靠近電視螢幕，全神貫注於遊戲中，不知道過了多久，兩個人先後睡去。

突然我醒過來，轉頭看看身邊，毬繪安詳睡著，她的臉映著螢幕發出的光；一隻手握著搖桿，上半身暴露在棉被外面，一副壯志未酬身先死的模樣。在低聲持續播放的電玩音樂中，隱約混雜著她輕微的呼吸聲。

一張不可思議的睡臉，彷彿正在哭泣，哀傷落寞，卻又純眞無垢。在我看來，這張臉和一年前，甚至更早，和她年幼的時候並沒什麼不一樣。

我幫她把棉被蓋好，將電視關掉。房間一片漆黑，而窗外的雪依舊下個不停。從窗簾的間隙，可以看到積雪反射進來的薄光。

我喃喃說聲「晚安」，再度鑽進了棉被。

❶ 指一八五三、五四年美國海軍軍官佩里（Matthew Perry，一七九四—一八五八）兩次率艦遠征，陳兵江户（東京）灣，迫使日本簽約和西方國家展開貿易和外交關係，結束長期孤立鎖國狀態。

❷ 日本漫畫人物，鬼太郎出自水木茂《鬼太郎》系列，小叮噹出自藤子不二雄《機器貓小叮噹》系列，前者爲冥界鬼魂，後者爲外星機器人，或在現實和超現實世界自由出入，或與主角（小孩）及其家庭、友人產生有趣互動。

一種體驗

群樹在深夜的庭院中掩映著幽光。

夜燈照射下，搖曳的綠葉和深褐色的樹幹無不清晰可辨。

最近，隨著酒量增加，才開始注意到這件事。每當醉眼惺忪望向那片光景，整個人立刻震懾於那無與倫比的潔淨，同時產生一種想要任運而行、即使失去一切也無所謂的感覺。

倒不是半途而廢或自暴自棄，而是極其自然的領悟，平靜而清冽的感動油然而生。最近，我沒有一個晚上不是想著這些事情入睡的。

不過酒還是喝太多了，很想稍作節制，所以白天裡常下定決心，希望晚上儘可能少喝，但是到了晚上，只要一杯啤酒下肚，接下來就一發不可收拾了。心裡面總有一個聲音在告訴自己，多喝幾口比較好睡，於是毫不遲疑又調了一杯gin tonic喝將起來。越發到了深夜，琴酒的比例也跟著遞增，成了烈酒。我喀吱喀吱咀嚼著昭和時代發明的超級零嘴奶油醬油口味米菓，一邊想著：大啊，今晚又重複了同樣模式喝成這副德性。雖然還沒達到嚴重罪惡感的程度，可是稍一留神發覺已經又輕易幹掉了一瓶，多少有些驚心。

只有當我頭重腳輕醺醺然攤倒在床上，才會聽到那教人通體舒暢的歌聲。一開始，我還以爲是枕頭在唱歌。因爲一向溫柔熨貼我臉頰的枕頭，想必可以發出這種清脆的聲音。可是除非閉上眼睛，否則聽不到，所以我又想，大概這只是一個愉快的夢。在那種時刻，並不是我可以周延思考的理性狀態。

歌聲低沈而甜美，抑揚有致，彷彿按摩著內心最緊繃的地方使之鬆弛。有點像浪潮聲，或是我在各種場合曾經邂逅、親密交往最後分手的人們發出的笑聲；這些人的溫婉話語；走失貓咪的鳴叫；遠處一個已經消失但令人眷戀之處的音響；某次旅行途中聞到濃烈青翠氣息的同時，傳入耳膜的樹林搖曳聲……或者就是這一切的綜合。

而今晚我又聽到了。

比天使更加官能也更加眞實的微細歌聲。我試圖抓住它的旋律，於是運用僅存的意識拚盡全力傾聽。睡意逐漸將我席捲，而幸福的歌聲也溶入了夢境。

以前，曾經因爲喜歡上一個稍顯怪異的男子，而發生了一段奇妙的三角戀。他和我現任男友很熟，是那種會誘發女性短暫激情的人。現在回想起來，他只能算是一個有些與眾不同而活潑外向的哥哥，但那時我少不更事，還是愛上了他。如今我對這個男子已經沒什麼印象，即便和他上過許多次床，但彼此很少從容自在地共度幽會時光，以致連他的模樣都不太記得了。

唯一留在記憶中的，不知道爲什麼，反而是一個令人不敢恭維、名叫阿春（Haru）的女子。

看樣子我是和阿春同時愛上了那個男子，彼此老是不經意在男子家中照面，逐漸也就熟了起來，到最後三個人變得好像同居似的。阿春大我三歲，從事兼差性質的工作；我則還在大學裡念書。

不用說我們憎恨彼此，不時對罵，偶爾還會大打出手。這是我第一次和另外一個人如此貼近，卻又那樣疏遠。阿春的存在妨礙了一切，我不知道有多少次詛咒她死。當然，她對我的感覺想必也差不多。

結果，疲於應付這種日子的男人自己逃得遠遠的，這場戀愛也就告一段落了，而我和阿春也沒再碰面。我繼續在這個小鎮住下，卻聽說阿春去了巴黎還是哪裡。

這是我所知道關於阿春最後的消息。

如今我卻不明所以地想念起阿春。我並不想見她，對她的現狀也沒什麼興趣。過去那段日子充滿了激情，到今天反而成了一片空白，並沒有什麼教人特別印象深刻的地方。

她在巴黎，不是跟一些藝術家糾纏不休吃定人家，就是運氣不錯釣到一個年紀很大的凱子，過著優渥生活。她就是這種女人。她長得乾乾扁扁的，講話的語氣乾澀而冷淡，聲音又低，永遠穿著黑色系衣服；嘴唇很薄，成天皺著眉頭抱怨個不停，只有笑的時候稍稍顯得年輕些。

當我想到她的笑臉，胸口不禁疼痛起來。

睡前喝那麼多酒，最難受的無非早上醒來那一刻了。好像整個人被酒給痛扁了一頓，也像是全身裡裡外外都浸泡在熱酒桶裡；口乾舌燥到了極點，有好一會兒連翻個身都無能爲力。

即使只是起身去刷牙或沖澡也難如登天似的，簡直不相信以前竟然可以輕輕鬆鬆做這些事。

強烈的陽光亮晃晃地照射進來，直透頭殼。

我連列舉症狀都變得有些不耐煩起來，情況糟到這種地步，眞想大哭一場。我完全不知道要如何才能將自己救出這個泥淖。

最近，這成了每天早上的例行情節。

我放棄任何抵抗，奮力從床上爬起來，忍耐著宿醉帶來的頭痛，泡了杯紅茶來喝。

搞不淸楚怎麼回事，身體在晚上彷彿橡皮一樣拉得長長的，舒服而甜美，可是一到了早上就變得銳利無比。那道光彷彿刺著什麼，堅硬，透明，而且推力強大。眞的很討人厭。

在一片愁雲慘霧之中，禍不單行的，電話響了起來，聲音還大得嚇人。耳膜被震得很難受，只好打起精神抓住話筒，說：「喂？」

「你挺有精神的嘛。」水男（Mizuo）輕快的聲音。他是我的情人，和前面提到那個男子，還有阿春彼此都認識。後來這兩個人退出，只剩下水男和我。

「才沒有，到現在還宿醉未醒，頭痛死了。」

「你又來了。」

「你今天放假嘛，要不要過來玩？」

「嗯，馬上就過去。」水男說著掛上了電話。

他是一家雜貨店的老闆，所以才會在平常的日子公休。我稍早一直在一家和水男一樣的店裡面上班，但那家店後來倒了。水男正準備在隔鄰的城鎮開家分店，除了等待開幕時間的到來沒特別要忙的；但那最快也是半年後的事。

他時不時用看雜貨的眼光瞧著我，然後說：「這個花樣沒有的話多好；如果這裡加點東西，說不定反而值錢；這條線雖然看起來滿廉價，卻很吸引人。」

當他說這些話的時候，眼神的冷漠教人心驚。或許他連我時時刻刻的心理變化都當作圖案來看，想到這裡更是教我倒抽一口冷氣。

午後，他抱了一束花來看我。

我們一起吃三明治和沙拉，氣氛非常融洽。我還在半睡半醒狀態，接吻的時候，他笑我說：「一嘴的酒臭，你的宿醉大概也要藉著黏膜傳給我了。」他那張笑臉，彷彿漾著花香，尤其是白百合之類的。

冬天看來就要過去。雖然待在瀰漫著幸福氛圍的室內，卻總覺得窗外是一片蕭條，寒冷的氣流在空中呼嘯而過。

我想多半是因爲室內過度甜美和溫暖的緣故。

「啊，對了，」來自甜美溫暖的聯想，我說：「最近，一躺到床上都會看到好像夢境的東西，我很擔心這是幻聽的開端；沒想到幻聽也可以那麼舒服。酒精中毒到這種地步，大概就會變成這樣。」

「不會吧，」他說：「那是輕微的依賴性症狀啦，因爲啊，你現在無所事事，結果導致喝酒過量才引起的。等你再出去工作就會恢復正常的，何況像現在這樣悠哉游哉對你也不是什麼壞事。不過，你倒說說是什麼樣的夢？」

「也不見得就是夢啦。」在疼痛難受終於獲得釋放的氣氛中，我用盡全力捕捉那種幸福感：「嗯……首先是喝得醉醺醺躺在床上，這時會覺得整個人被什麼東西吸了進去，好像閉著眼睛獨自走在一個極爲熟悉的地方。空氣中飄著好聞的氣味，心情非常平靜，而耳邊一直隱約聽到同樣的歌聲。那是催人淚下的甜美聲音，或許根本不是一首歌，但類似旋律的東西，輕柔而遙遠，謳歌至高的幸福。沒錯，相同的旋律週而復始。」

「聽起來挺危險的，果然是酒精中毒。」

「什麼？」

看我驚訝地皺著眉頭，水男說道：「騙你的啦。坦白說，我以前聽人家說過幾乎同樣的事情。據說，那是有人渴望對你說話的緣故。」

「有人？會是誰呢？」

「誰？死去的人啊。沒有嗎，你認識的人裡面？」

我想了好一陣子，就是想不起有這樣一個人。我搖搖頭。

「據說死去的人如果想和生前很親近的人說話，就會用這種方式傳達。沒錯，像喝醉酒的時候，或是睡眠還淺的時候，很容易造成同步（synchronize）現象，所以才會發生你這種狀況。忘了在哪裡聽人家這樣說過。」

我突然覺得頭皮發麻，趕忙把棉被一直拉到肩膀上蓋著。

「那，這種事一定得是很熟的人吧？」我問他。

若是一個完全不認識的逝者在我耳邊嗡嗡哼吟，不管有什麼樣的幸福感，我都會敬謝不敏。

「是這樣沒錯啊……嘿，會不會是阿春？」水男說道。

水男的直覺很強。不用說我愣了一下，然後立即想道，啊，說不定就是。我的反應可以解讀爲跡近確信。阿春失去音訊已久，最近，一不小心就會想起她來。

「去打聽看看吧。」

「說的也是……我去問問朋友。」

聽我這麼說，他點了點頭。

水男不管聽到什麼，都不會先入爲主地加以否定。大概是父母管教得還不錯吧。倒是「水男」這個名字，不管名字本身，或者取名的由來，都有點出人意表。誰知道他母親年輕的時候，曾經不得已拿掉過小孩，於是抱著「屬於水子（夭逝胎兒）❶的幸福也能轉到他身上」的願望給他取了這個名字。

一般人會這樣子給小孩取名嗎？

房間裡面瀰漫著他帶來的白百合甜美芳香。我想，今天晚上只要有這個氣味，或許不必喝酒就可以安眠也說不定。我們再度接吻，緊緊相擁。

「阿春死了。」

對方明快地告訴我這件事，讓我大吃一驚。

水男跟我說，我那樁三角戀愛的當事人都認識的一個朋友，現在在深夜咖啡屋兼差，於是特別搭了計程車去，想也許可以問到什麼，沒想到兜頭就是這句話。早知道打通電話算了。我定定注視著他的雙眼，知道他並不是在開玩笑。一身侍者打扮的他，在櫃台裡面擁擠的空間中神情黯然地清洗著盤子。

「在國外？什麼原因？愛滋病嗎？」我問他。

「都是酒，酒喝太多了。」

他的聲音很低，但我卻是加倍的吃驚。有那麼一瞬間，我好像被魔咒附身似的。

「她住在她凱子男人的家，整天除了喝酒還是喝酒。戒酒中心進進出出不知有幾回，到最後據說非常的狼狽。我一個巴黎回來的朋友從她熟人那邊聽說的。」

「……哦。」

我大口喝下咖啡，然後好像在細細吟味般輕輕點著頭。

「你們那時不是搞得雞飛狗跳嗎，怎麼現在還……？」

「雖然也不是什麼『相逢自是有緣』，可是之後消息完全斷絕，突然很想打聽一下她的情況；因爲現在我和水男在一起非常幸福。」

「你這樣說我就了解了。」

當我和阿春以及那個男子像一家人住在一起的時候，他就在當酒保，而我沒事常跑到他工作的酒吧哈啦。他一向對別人的事不太在乎，所以是個理想的談話對象。看著他的身姿在店裡昏暗照明中顯影，昔日的氣味整個都被喚了回來。頹廢，沒有未來，一逕地燃燒。往事歷歷在目，雖然一點也不想讓自己再度耽溺在裡面，卻懷著一種奇妙感傷。

「哎，阿春已經不在這個世界上了。」

聽我這麼說，櫃台對面的老友點了點頭。

回到住處，獨自一人，爲了追憶阿春而喝起酒來。我覺得今天晚上多喝點無妨，於是放懷暢飲。以前每次一想到阿春，就會浮現電視畫面般的艾菲爾鐵塔，但今天卻沒有；於是在能量過剩卻無處宣洩的情況下，逐漸取而代之的，竟然是被酒精浸透的阿春內在的心象世界。我非常了解在男人離去後就無法重新生活的阿春；理由無他，爲了愛，她已經傾盡所有。無可否認那個男子確實擁有致命的魅力，但主要是因爲對我而言阿春的存在，以及對阿春而言我的介入，讓我們都加倍的努力過。至於那個男人，不知道爲了好玩或是壓力太大，很喜歡把我們當中的一個請去他家裡，和另外一個碰面。到了最後，我和阿春常常同時一整晚都待在他家。

我天生是個笨手笨腳的人，不管是煮飯做菜、修理很簡單的東西、在小包裹上綁繩子或是折個紙箱等等，都比不上阿春俐落；每次遇到這種場面，她就會在旁邊冷言冷語說些「沒用的東西」或者「眞想看看你爸媽是誰」之類很不客氣的話。我也常常若無其事地嫌她胸部像飛機場，或是譏笑她穿衣服沒有品味。那個男人個性也挺直率，好就說好，不好也會不容情地吐槽，因此更加劇了兩個女人之間的對抗情結。

「小姐你做菜眞的爛透了。我可不是說著玩的，你看那是什麼跟什麼，哎喲，這能吃嗎！」

有一天晚上，我做了一道八寶菜，結果阿春的反應就是這樣。由於男人在白天曾經瞞著我和阿春約會，我越想越氣。

「像你這種穿衣服怪里怪氣的女人哪有資格對我指東道西！穿黑色針織上衣也不想想自己有沒有胸部！」

我正在炒菜，阿春拿手肘在我背後用力一撞，害我的手差點就碰到熱鍋。

「你在幹嘛！」我大聲說。炒菜發出的激烈聲響加上熱氣蒸騰，使得我的叫聲聽起來充滿悲痛。

「誰叫你說話那麼沒分寸。」阿春說。

「是又怎樣！」我說著，將火關掉。屋子裡恢復安靜，凸顯了兩個人的沈默。那時我們對於分享一個稍異於一般人、輕蔑俗世種種而特立獨行的怪胎男的身體，已經分不清到底是正常、普通或是異常了；還有，沒經過人家同意，兩個女人就先後在一個男人的家裡窩著這件事也是。我不自覺會對阿春講話時那種怪里怪氣的聲音，以及她瘦得離譜的身體感到非常不自在。只要她在我眼前晃來晃去，我就很想將她像小鳥一樣掐死。

「為什麼會變成這樣呢？」這時阿春突然幽幽說道：「喜歡他的女人多得是，為什麼只有我們兩個，即使他不在場都會這樣？」

「其來有自啊。」

「我都快瘋掉了，整天坐立不安的。」

「這句話正是我想說的。不過都已經陷入這種泥淖，還能怎樣？」

我對阿春一些庸俗的觀點，還有看事情那種負面的態度，一直感到很厭惡。

「嘿，你打算怎樣？真的很想要他嗎？」阿春的語氣跡近指責。

「想，」我說：「所以啊，才會在這裡窮攪和，和你這種爛貨……」

我大概是說多了，話還沒講完，阿春已經伸出手來在我臉上「拍」地一聲重重打下。剎那間我不知道發生了什麼事，腦中一片空白，漸漸地才感覺到右邊臉頰正在發燙。

「如果你和他睡覺，我在的話會影響你們的氣氛，那我就走。不過天曉得他會不會回來。」說著我站了起來。

當我拿著包包走到大門時，阿春兩眼炯炯發光看著我。她的眼睛好大，眼神非常嚴肅，好像要說「等一下」。就是那種眼神，沒有抱歉的意思，而是「不要走」。然而她最後還是什麼都沒說，我想她大概認爲說這種話未免有些突兀。

她那粧化得很俗氣的白色小臉被長髮遮住了一半，遠遠望去，是個美麗但薄命的人。這樣想著，我關上了門。

平常我一想到那個男人和其他我認識的女孩睡覺，就會妒火中燒，而且感到憤怒不已，唯有阿春不會。實際上，當我們三個人同床共寢的時候，即使他們開始磨磨蹭蹭，我也不會覺得有什麼大不了；要是別的女孩，說不定當場就把她們給殺了。

相處時間日久，多多少少讓我逐漸了解那個男人對阿春的感覺。

這並不包括內在的部份。

或許眞正的她只是一個神經質、奇怪而且令人討厭的女人，可是從外表看來，她似乎有些特別的什麼。說來就是對女人會有的那些基本印象……內衣下綽約的身影，長髮覆蓋下隱約可見的纖細的肩，鎖骨部份不可思議的凹陷，胸部絕對不容褻玩的遙遠曲線，所有這些部位產生的形象都帶著不安定卻飽含生命力的感覺。在阿春身上，確實擁有這些特質。

今夜，窗外庭院裡那些樹葉同樣反射著微光，但在我眼裡看起來卻有著奇怪的尖銳角度；倒不是尖銳得不可理喻，而是夜色附著的方式教人感到特別溫柔。

多半是因爲我帶著醉意吧。

把電燈熄掉一看，屋子裡面的擺設反而比亮著燈時更加稜角鮮明。自己的呼吸聲，還有胸部的心跳聲都清晰可聞。

就算將棉被蓋上，把頭部整個埋進枕頭當中，也還是聽得到。天使也似清澄的聲音，淡淡的感傷，抑揚的旋律讓胸臆鼓動如潮，波濤般似遠還近，帶著鄉愁流逝……阿春她，到底想說什麼呢？

於是我試著讓即使緊閉依舊紛雜難以止息的心眼維持清靜。然而此時卻接收不到阿春的絲毫訊息，只有那優美的旋律繼續刺痛著我的心。說不定在美好音色後面，就是一張阿春的笑臉；或者那是充滿怨憎的叫罵聲，提醒我如今的幸福和阿春的死擺脫不了干係。不管什麼都無所謂，我就是渴盼聽到。

很想知道阿春準備對我說些什麼。我集中心念，直到眉頭都痛了起來，不久疲倦從旋律彼方隨著渴睡的浪潮洶湧襲來。我在心中默念著願意放棄的話語，一如祈禱。

眞不好意思，阿春，我就是聽不到。非常抱歉，晚安。

「阿春真的死了。」我說。

水男只是稍稍睜大了眼睛說道：「喔，果眞不出所料。」然後轉頭看著窗外。

夜景非常迷人。

雖然只是十四層樓，卻很可觀。「偶爾我們也到高一點的地方吃頓飯吧。」聽我這麼一說，水男立刻問我：「高一點？你是說價錢，還是從地面算起的高度？」我笑著說：「都是。」於是我們相約來到了這裡。

窗外閃爍的燈火華麗已極，車燈的行列是串連夜色的項鍊。

「水男，你爲什麼認爲是阿春呢？」我問。

「因爲你們關係不錯啊。」

他平靜地回答，並將切好的肉送到嘴邊。這時我停止了手裡的動作，因爲突然覺得想哭。

「阿春到底想對我說什麼呢？」

「我怎麼會知道？」

「說的也是。」我的目光重又回到食物上。也許並沒有什麼大不了；或者是因爲我將從酗酒生涯邁向下一個階段時，必然會產生的各種「不捨」的影像，藉由阿春的身姿來顯現也說不定。今晚又喝光了兩瓶紅酒（和水男一起合作的成果），視線已經開始有些朦朧。

在清晨降臨，一切再度歸零之前，若是可以享受這接近永恆的美麗夜景，那麼人內心必然殘留的不捨念頭，不過是其中一片顏彩罷了；想到這裡就什麼也不在乎了。

「現在想不想和阿春見個面？」水男突然問我。

「你在說什麼啊？」我問他，聲音都有些變了。

店內的其他客人好奇地瞄了我一眼，我的驚訝也差不多就是那個程度。

「朋友裡面有一個人會做這種事。」水男笑著說道。

「我才不信！」我也笑著說。

「哎呀，非常好玩呢。我說的那個人，他是個小不點，以前我還在搞一些非法生意的時候碰到的，他可以讓人和死者說話。有點像催眠術之類的，不過非常具有臨場感喔。」水男說。

「那你做過嗎？」我問他。

「嗯，其實，我曾經害死過一個人。」水男毫不遲疑地說出來，看得出他的懊悔有多深。

「打架還是……？」

「不是這樣，而是我把一輛破車借給了他。」他說到這裡就不想再說下去的樣子，轉了個話題：「事後覺得非常不安，於是去拜託這個人。……最後和死者見到一面，講了該講的話，即使說的是謊言，還是去除了心中的疙瘩。其實，我覺得你和阿春的關係很親；要不是中間夾了一個男人，你和阿春一定可以變成很好的朋友。那個傢伙現在已經成了人渣，生活也是一團糟，不過那時應該渾身散發著迷人的光芒吧？因爲你和阿春兩個人同時被那火花所吸引，所以才會想當然耳認爲你們非常相似。」

我再度體認到水男的冷峻，一如他的名字：冰涼的水。窗戶下邊理應靜止不動的絕美畫面，因爲風太強的關係，樹木以及其他很多東西都開始搖擺不停。車燈塡滿了路面，緩緩向各個方向流動。

「我一直非常喜歡你這一型，鼻子扁扁的，手腳笨笨的。」

那種語氣就好像在稱讚一只破花瓶的缺陷美一樣，但我卻喜歡極了他這種講話方式；我想我是眞的很愛他。

「那，說走就走吧。」我說。

「好玩就好。」

「對啊。」

水男啜了口紅酒，說：「只要能釋放心中的不安，讓自己舒服些，不管說謊或做什麼都沒關係。心情可以恢復平靜就好了。」

水男帶我去的地方，是一家位於地下室只有櫃台的小酒吧。値班的人果眞是個小不點。除了他全身上下的比例實在太不對稱之外，其他並沒有令人感到不舒服的地方。他雙眼定定注視著我。

「女朋友嗎？」小不點突然問了水男一句。

「嗯，她叫小文（Fumi）。」

我微微點了點頭，說很高興認識他。

「這一位是我的好朋友，小不點田中。」

水男介紹完，他就笑著說道：「哎呀，就像一個外國人名字叫史密斯一樣平常啦。」

雖然眼前是個怪中之怪，但他所具有的知性讓我不由得對他產生了信賴感。他推開櫃台的小出入口出來，然後走到門口將沈重的大門鎖上。

「來這裡是想和死去的人見個面嗎？」田中問道。

「沒錯。嘿，偶爾也開張一下嘛。」水男笑著說。

「最近都不做了，這件事。很耗體力的，而且收費很高喔。」田中說著看了看我，「什麼時候的？」

「沒有很久，大約兩年之前就失去聯絡的女孩子；我們共有一個男朋友。」我緊張地說道。

「想不想喝點什麼？」

「嗯，我也好想喝，趕快拿酒來。」水男說。

「好，今天晚上就讓你們包場囉。」

田中說著，爬上梯子從高處的酒櫥取了瓶威士忌下來，加上冰塊和水，手腳俐落地為大家調製飲料。

「喂，這傢伙最近酒喝得兇，」水男笑道：「你不要調得太淡了。」

「哦，了解。」

田中微笑，我也笑了起來。我一直覺得，水男非常信任我，把我當作大人看待，這讓我感到一種無以言喻的平靜和放心。我想，一個人不管活到幾歲，都會因為別人對待自己的方式而發生變化。水男很懂得人與人之間的微妙互動。我們一起舉杯。

「我不懂的是，你為什麼想要和與你分享一個男人的女孩子見面？」

田中歪著頭表達他的疑問。酒精濃度很高的威士忌飲料讓我嘴裡痲痲的。

我坦白對他說：「因為我們好像彼此喜歡著對方。」

「看來是兩個有點女同性戀傾向的人吶。」田中說著哈哈大笑，「真是難得啊，你們兩個。」他說。

我眼光放在他那小一號的鞋子和他小小的手上面，邊出神想著待會兒如果見到阿春要說些什麼。不過一直理不出個頭緒來。

「那，就開始吧。」當我們把手邊的第一杯酒喝完時，田中說道。

水男沈默不語，看來是在回想自己上次來這裡進行通靈儀式的事。

「怎麼開始？」我問。

「簡單得很，不必吃藥，也不用數一二三四；你只要閉上眼睛，不說話，你就會來到一個房間。那是會客室。不過請你務必注意，萬一，對方提出要求，你也絕對不可以走出門外。無耳芳一的故事你聽過吧？❷發生過好幾次了，出去了之後幾乎回不來；也有人就此一去不返。所以你要當心。」

我聽了嚇得說不出話來，水男在一旁笑著說：「別擔心，你沒問題的。」

我點點頭，閉上了雙眼。當我感覺到田中再度從櫃台那邊走過來時，一陣寒氣滲透了全身。

等我回過神來，人已經在那個房間裡了。

那裡非常狹隘，是一間有著毛玻璃小窗的奇怪房屋。我坐到一張陳舊的沙發椅上，對面也有一張同樣的小沙發，中間並沒有桌子。看起來有點像從前兒童樂園的驚奇屋，自己不動，牆壁卻不停地旋轉，讓人錯覺以為整個房子都在旋轉。燈光暗暗的，感到非常鬱悶。房間邊上有一座木製的門。

我心想只有摸摸無妨，於是起身將手伸到門把上。那是一只古銅色冰冷的細門把。當我握緊門把時，一波波振動不斷傳導過來。那感覺彷彿門外是一股巨大能量的渦旋核心一處靜謐的所在，像是颱風眼或者結界❸的地方，把很多不知名的東西抵擋在更外頭。我整個人充滿不安，很清楚自己對門外的世界有一種本能的恐懼。

這時我完全了解了，爲什麼有些人會有將門打開的衝動；水男無疑也是這種人其中的一個。而且有那麼幾個人開門出去之後，即不知所終。

……原來如此。

我離開了木門，重新坐回沙發上。頭腦變得異常清醒。我將木頭地板弄得咚咚作響，也試著摸了摸粗糙的淺咖啡色牆壁。一切都眞實得無以復加。這是一間有如鄉下無人服務車站的候車室般，充滿不自然而且帶著壓迫感的房子。

就在這個時候，門突然啪噠一聲打開，阿春輕巧地走了進來。

我驚嚇過度，完全說不出話來。

我瞄了瞄阿春身後，那裡一片沈重的灰色調，而且像風暴一樣發出轟轟巨響。這情景比阿春終於現身還要恐怖百倍。

「好久不見。」

阿春說著，呶呶嘴唇笑了笑。

我覺得那張笑臉，還有這間房子，都將被房子外頭可怕的灰色瞬間吞噬殆盡，心中充滿不安。

「能夠再見到你，眞是太好了。」我一開口，想說的話就源源不斷流出：「很高興你知道我想見你。我必須坦白告訴你，我非常非常喜歡你，那段日子每天充滿了獨特的緊張感，眞的有趣極了；那是因爲對手是你的關係。對我而言，你是一個很有意思的人，和你在一起，我突然就了解了許多事情。我還有好多話想要對你講，卻沒有什麼機會，心裡覺得好遺憾。」

不能說我所講的都是心底的眞話，這裡面多少帶點懺悔的意味，就像對著遠颺的船隻大聲表達愛意一樣。

阿春聽了點點頭，依舊是細細的頸部，黑色上衣，她說：「我也是。」接著她站了起來，說：「你看你看，你過來看一下！」

她的長髮若有似無地拂過我的手；我甚至有癢癢的感覺。

我再度確認了這件事，這時阿春突然把門打開。

我提高了警覺。

萬一對方提出要求，也絕對不可以走出門外。

阿春噗嗤一笑，輕輕將我內心的骯髒沖走。

「笨蛋，我只是叫你瞧一瞧而已。來，我把頭放到門外給你看。」

阿春的頭一下伸到了外面那個灰色的世界。突然，雖然聽不到什麼聲音，她的頭髮卻激烈地漂蕩起來，亂成了一團。阿春看著上面對我說：「記得嗎，我們曾經在狂風大作的日子一起待在一間屋子裡？大概也就是這種感覺。剛剛我就是在這種風暴中閉著眼睛走過來的，只爲了看你一眼。假設是那個男人的話，我肯定是不會來的，這一路實在太辛苦了。」

「我也是。」我說：「我覺得應該和你見一面。」

「就是因爲你召喚我，我才會暫時來到你的身邊徘徊流連。」阿春說。

她比我印象中的阿春成熟多了。

「為什麼？」我問她。

「我也不知道。和你在一起，我不曾感到寂寞過；雖然和別人在一起的時候也不怎麼孤單，但想到你，就特別覺得在你身邊那段日子似乎最不會寂寞。那時，還有颳大風那天，我好想吻你呢。」阿春平靜地說著。

「好開心。」我說，但心中卻無限酸楚。外頭的灰色實在太沈重了，看到阿春在風中飄飛的亂髮，我突然醒悟到那段日子已經有多遠，比死亡，比人和人之間無法拉近的距離都還遙遠。

「春。」我叫她。

阿春微微一笑，整了整頭髮，順勢將手放在門把上，說：「再見。」然後摸摸我的手，很快消失在門外。這時我想到，沒錯，我和她確實曾經這樣說過一次話，但好像也就那麼一次。

聽到關門「啪噠」一聲，而她手的冰冷感覺依舊殘留。

「歡迎歸來。」田中大聲說道。

我轉頭四下看了看，才意識到自己已經回到了店裡面。

「哇，好嚇人，你到底耍了什麼障眼法？」我這樣說一方面想要隱藏自己的尷尬，一方面也是毫無保留的讚嘆。

「你這樣說很失禮耶，我所做的都是貞的。」田中有些氣結地說。

「我跟你說，他這傢伙就像是一隻專吃惡夢的貘❹啦，你要知道。」水男說。

「對對，這樣說很好。」田中說。

「嗯，我想也是。能夠見到阿春一面貞的很高興，感覺好像把胸中的毒刺拔掉了。」我邊說邊確認逐漸回到現實來的自己的心神與軀體。彷彿濃霧一下都散去了一樣，視野和呼吸都變得通暢無比。

「很像做了大量運動以後的感覺吧？」田中倒了杯冰水放在我面前的櫃台上說：「因爲你剛剛去了很遠很遠的地方。」

我想起了颳著大風那天。

時序初秋，颱風來襲。

那時我和阿春之間的裂痕已深，兩個人關係非常險惡，一整個禮拜都在吵架。我和那個男人的感情也進入了尾聲，不知如何是好，終日焦躁不安；男人幾乎都不回住處，而我也隨他去不再嘗試挽回。

「外面雷打得好厲害喔。」我說。我要走不走的，要講話只有找同在屋子裡的阿春，沒想到眞的說出了口。

更意外的是阿春竟然以非常平靜的語氣對我說：「好煩吶，我最討厭打雷了。」她說話時將眉頭深鎖。她這個表情非常的性感，讓我內心一陣騷動。

「阿文，救命！」

電光一閃，伴隨著劇烈的一聲霹靂。阿春第一次對我這樣子說話，我吃驚地看了看她，發現她對著我微笑有如一個小孩。我懂了，阿春應該也很明白吧：這場戀情即將收場，我們兩個以後不會再見面了。

「哇，好接近啊。」

聽我這麼一說，阿春再度叫道：「討厭！」然後離開窗邊，繞到我背後好像要躲起來似的。

她這樣做，和暴風來襲使得她有些躁鬱有關。

「騙人，我看你一點也不怕。」我回頭很不耐煩地說。

「老實說還是有一點點怕啦。」阿春笑道。

看她這樣，我也跟著笑了起來。這時阿春一臉詫異地說：「嘿，現在我們兩個，是不是有些心意相通啊？」

「嗯，大概吧。」我點頭說道。

房門深鎖，和外界完全隔絕，雷鳴由遠而近，發出陣陣巨響。室內的空氣濃密異常，即使放輕了的呼吸聲，彷彿都會破壞這小小的完美。唯有某種貴重事物在那裡兀自閃閃發光。結束的時刻即將到來，一切都會萎落然後消失，大家天各一方。這種感覺非常強烈，不斷浮現腦海。

「那個人，應該沒事吧？」

阿春小小的側臉被閃光照亮，顯得非常迷人。

「沒事的。」

所以，此時此刻我只想沈默不語，兩個人安安靜靜地。

「不知道帶了傘沒？」

「這種天氣帶傘也沒用，不小心還會被閃電擊中呢。」

「這種死法挺適合他的。」

「眞希望他早點回來。」

「對啊。」

我們肩並肩靠牆坐著，雙手抱膝在那裡講話。和阿春這樣子談話簡直空前絕後。嘩啦啦的雨聲不斷干擾著思考。我強烈地希望能夠像這樣一直和她友愛地同住在這間房子裡；好像我們的不合只是裝裝樣子的。

「聲音聽起來很像雷陣雨。」

「嗯，好久沒遇到過這樣大的雨了。」

「他現在人會在哪裡呢？」

「不管他人在哪裡、正在做什麼，但願他沒事就好。」

「不會有事的。」

「嗯，我知道。」

阿春兩手彎靠在膝蓋上托著下巴，優雅但用力地點頭。

我和水男兩個人走出田中的酒吧時已經接近黎明。一邊走著我問道：「你坦白說，我失去知覺多久？」

「將近兩個小時吧。我邊喝邊等，自己也醉得迷迷糊糊的。」

在闃無人蹤的巷道中，水男的聲音顯得特別清脆。

「眞、眞的？」

我有些不可置信，感覺上和阿春在一起只有短短幾分鐘時間。不管如何，經過這一段，整個人神清氣爽多了。眼中看到的月亮與星星輝耀著朗朗的光，彷彿中間已經有好多年的歲月流逝。連走路都衷心感到愉悅，腳步很自然地輕快起來。阿春，天使的歌聲，侏儒靈媒，阿春……

「沒關係吧，只要心情變得開朗。」水男說著突然伸手摟著我的肩膀，「現在什麼都不要想。」

我默默點了點頭。

我那樣每天晚上都喝酒過量眞的只是偶然嗎？
會不會那種時刻阿春離我很近很近？
聽到的美妙歌聲難道是阿春遙遠的召喚？
剛剛我又身在何方呢？
那個小不點是什麼來頭，爲什麼能夠幫人通靈呢？
我見到的眞是死去的阿春嗎？
或者，這一切不過是我自導自演的一齣戲？
然而阿春走了，我卻還留在這裡。
越過所有謎團，令人陶醉的夜風輕輕拂掠著我的心。
「我有一種預感，明天起一定可以少喝點酒。我這樣說會不會太假惺惺？」我說：「可是，我眞的這樣覺得耶。」
「毫無疑問，你的時候已經到了。」水男笑道。
對水男而言，是不是一切現象都是關鍵的「時候」？包括我這個人的存在？包括和我在一起這件事？

他之所以對我如此溫柔，難道一定是因爲他個性上的過度冷漠？未來將會如何，我完全無法瞻望，可是用心愛戀下去，一切不就會清楚明白了嗎？即將開始的新生活中，兩個人的關係會發生什麼樣的變化呢？

我只知道——

水男的笑容像極了這冷冽卻美好的夜晚，直接觸及我內心深處。和他共度一個難忘夜晚這件事，或其他生命中的種種都將一一離我們而去也無所謂，因爲我會把所有點點滴滴視爲在我手掌心閃爍生輝的珍貴事物，就像珍惜當年和阿春在一起的時光一樣。

我也了解，不管我做什麼，那令人凜然的美妙歌聲再也不會出現了。只有這件事我難以釋懷。

那種平靜，那種甜蜜，那種痛楚，那種溫柔。想到每一次當我看到燈火照亮了庭院中的綠樹，就會憶起那柔美旋律的尾韻，並且像追尋迷人的香氣般心蕩神馳，還是有幾分快慰。

然而很快我就再也想不起什麼，遺忘是必然的結局。

我繼續讓水男摟著我的肩膀走，同時一切了然於心。

❶「水子」（mizuko）指墮胎或流產而死的胎兒，日本民間亦將產後不久夭折的嬰兒視爲水子。江户時代開始盛行以水子地藏供養其冥福。

❷典出小泉八雲（Koisumi Yakumo，一八五〇～一九〇四，爲出生於希臘的英國作家Lafcadio Hearn歸化日本後的名字）所收集的日本靈異故事集《怪談》。年輕僧侶芳一同時是一個盲人歌者，以彈唱源、平海戰軼事聞名，受一武士之邀爲幼主安魂，從此夜夜出入墓地，住持發現有異，於是在他身上寫滿經文，以防鬼魅，唯疏忽了耳朵；最後爲冤魂割去雙耳。

❸宗教用語，爲了特定區域的清靜或秩序而劃定範圍修法除障，稱爲結界。

❹又做貘或貊，想像的動物，專吃人的惡夢，參見《爾雅·釋獸》。

單行本後記

這三個故事，描寫的都是深陷一種閉鎖狀態、時間停止了流動期間的人們生命中的「夜晚」。所以這三篇作品就像兄弟一樣，在某種意義上，甚至可以視爲一個大故事。另外，不管哪一個故事，基本上都來自我的體驗。過去這段時期我所體驗的鰻魚、煙火、嗜睡、酒、邂逅，以及其他一切種種所帶給我的感動，我試著加以變形，最後成爲這樣的故事。現在，爲了追尋這種感動，我再度全心全意地活在上下求索的日日夜夜裡。

我衷心感謝在這種艱辛的徬徨歲月中，每天在我的周圍給我許多幫助，並惠賜各種寫作意見的人們。

但願大家能夠愉悅地看完這本書，我也會感到非常快樂；若是有人恰好有類似書中人的遭遇，因爲讀了這本書而得到內心的平靜，那就是我莫大的欣慰了。

平成元年（一九八九）六月某日正午　吉本芭娜娜

文庫本後記

喜歡佔點小便宜的我，看到別人的文庫版加上後記就會有「賺到了」的感覺；所以當自己也要出文庫版時，不管如何還是覺得應該寫一篇後記，即使沒有什麼好說的。

這本小說集所描寫的東西，如果讓今天的我來處理，我想會讓它更加的絕望。不是因爲我對絕望有了比較多的理解，而是我對它的反面（請不要稱之爲希望）比過去知道得更多。在人生暫時佇足不前、較爲陰暗的時期，眼睛所看到的一切，都好像是夢中偶然邂逅、事後回想起來卻印象特別鮮明的人物和風景：

突然傳入耳中的音樂；
夜色中來到窗邊的友人；
逝者的身影；
讓自己隱入都會亮麗夜景的暗黑部份；

看著庭院中的樹木獨飲；

明明知道爲睡魔所祟卻無論如何都無法清醒過來……

有時是這樣，有時不是這樣，而我嘗試將活在這種如幻似眞的狀態中人們的堅強與虛弱呈現出來。

最後我想對讀了這本書後寫信給我的許多正在眠夢之中的人說：「所以，安心地睡吧，而且要相信自己終有一天會悠悠醒轉。」

第二天要前往塞班島度假的（一九九二年）十二月某日

吉本芭娜娜

〈附錄〉

月光陰影

——吉本芭娜娜小說中的死亡與再生

吳繼文

生之沈重×死的輕盈

閱讀日本小說家吉本芭娜娜作品，最大的困惑，不是那些不眞實的靈異／童話／漫畫式人物，也不是禁忌而敏感的擬似近親相姦和同性戀情，而是無所不在的死亡：輕易的死亡，大量的死亡；通常在情節還沒正式開展前，故事主人公就已經失去了她／他至親、至愛的人。處女作《月影》一開始芭娜娜寫道：

阿等總是將小小的鈴鐺繫在皮夾上出門，從不離身。

那是我在還沒與阿等成為戀人之前無心送給他的，沒想到因而也成為伴他到最後的一樣東西。

作爲敘述者的女孩突然失去了戀人，這種沒有理由的、決絕的孤獨情境往後即成爲芭娜娜多數作品的原型。成名作《廚房》開頭第一頁，敘述者描述她對廚房的依戀，「這個家如今只剩下我，以及廚房」。隔沒幾行的第二頁，敘述者告訴我們，她的雙親很年輕就死了，她一直與祖父母相依爲命；祖父在她中學時代去世，而大學還沒畢業（也就是小說的起點）祖母又死了。《月影》中「才」死了三個人，但緊接著的作品《廚房》及其續集《滿月》，男女主角的小小世界中死亡人數竟激增爲七人！

吉本芭娜娜其他重要作品，如《哀愁的預感》、《白河夜船》、《N・P》、《甘露》等，幾無例外都一一加入了這個死亡俱樂部。難道是她對這個主題特別迷戀，或者她只是機械式地不斷重複一個通俗／媚俗、憂鬱而迷人的情境？芭娜娜自己的說法是：「我的興趣在於描繪（受傷的）心被療癒的過程，而不是死亡本身。」證諸她的作品的確如此。至愛之死，使得主人公頓時成爲悲哀而孤獨的棄兒；棄兒的心遭受無情摧折，如果沒有什麼重生的契機，或將從此枯萎而死。

魂兮歸來

以《月影》爲例，主人公的男友突然事故死，因而無法安穩睡眠，爲了度過日出前最恐怖的孤獨時光，於是開始黎明前的晨跑；折返點是她和男友每次約會後分手的橋頭。有一天她在橋頭遇見一個形跡詭異的女孩，告訴她，不久之後在這個地點將發生百年一次的奇幻現象。主人公半信半疑在那特定的時刻如約來到，突然看見亡友出現對岸，深情凝望著她，然後揮手向她告別。通過這場正式的告別儀式，她終於可以擺脫如影隨形的死亡，勇敢活下去，毫不遲疑去愛。故事中另一個失去女友的男孩，靠每天穿著女友的制服上學抵禦痛苦；也是在那特定時刻，他半睡半醒中看見昔日女友走進房間，從衣櫥取走那一套水手服，他的傷痛經此豁然而癒。

容格派心理學者認爲，對象喪失導致自身心魂的喪失，當心魂歸返，瀕臨絕望的生之病者才會痊癒；準此而言，在對岸顯影的男友，或取走制服的女友，其實是回歸的魂魄。或者也可以這麼說，因爲巨大的打擊，傷者從一開始的無法接受（因而也飽受折磨），到最後經由自己也能釋然的離脫／忘卻儀式而展開心魂之重建與療癒。這在《哀愁的預感》中則是兒時記憶的恢復，以及「發現」了姊姊（阿姨原來是親生姊姊）；《廚房》裡則是兩位年輕主人公的分別逃亡、重逢和最終的和解（愛的確認）。

在如此非日常的大死大生中，芭娜娜習慣安排一個非人間的神祕角色，作爲死、生／天、人／聖、俗的媒介，透過此巫覡般的存在，因死亡而失魂落魄的傷病者於是獲致關鍵性啓示，終能得以痊癒／再生。這樣的角色，在《月影》中就是告知幻象的女孩阿麗，在《蜥蜴》中就是可以將人咒死、同時又具有神奇醫術的女孩蜥蜴；《哀愁的預感》的彌生和《甘露》的由男都有預知能力，而《甘露》中還有一個以歌聲通靈的塞班女子。有時這個媒介則是睡眠與夢（《白河夜船》），又或者是詛咒（《N・P》）。

憂鬱世紀×世紀憂鬱

回顧已經走到尾聲的二十世紀，人類在此百年中於知識、科技、物質的開發上取得極爲可觀的成就，但社會化、物化的壓力也遠遠超出人類負荷，導致肉體緊繃、精神分裂、靈魂支離破碎；每一項進展、每一個變化都帶來一次蠻橫的訣別／死亡，而讓人類付出慘痛代價：孤獨、徬徨而哀傷，說這是個憂鬱的世紀也不爲過。從這個角度來看，芭娜娜所描繪的離奇世界能夠在日本以及日本以外的許多國家讀者心中引發強烈共鳴，並非不可思議。

愛倫坡說過，文學中最憂鬱的主題就是死亡，而其中最富詩意的情境即「佳人之死」；芭娜娜的小說最不虞匱乏的正是這兩種要素，首先形成一個迷人的基調。其次，至愛的離去使得生者爲死亡所祟，無助而絕望的景象一方面帶給讀者一種瀕死體驗，一方面那種孤獨的共感讓讀者與虛構的人物似乎攜手歷劫，一起通過療傷儀式，完成重生的洗禮。還有，死亡也好，神祕媒介也好，都可能讓我們被體制化浸透的心因強烈沖刷暫時回復未蒙塵的本然，使無以言喻的生之重壓獲得一定程度的紓解。或可稱之爲吉本芭娜娜的神奇療效。

吉本芭娜娜作品集 805

白河夜船

著　者—吉本芭娜娜
譯　者—吳繼文
主編—葉美瑤
編輯—邱淑鈴
校對—吳繼文、邱淑鈴
董事長
總經理—趙政岷
總編輯—余宜芳
出版者—時報文化出版企業股份有限公司
10803台北市和平西路三段二四〇號三樓
發行專線—（〇二）二三〇六—六八四二
讀者服務專線—〇八〇〇—二三一—七〇五・（〇二）二三〇四—七一〇三
讀者服務傳真—（〇二）二三〇四—六八五八
郵撥—一九三四四七二四　時報文化出版公司
信箱—台北郵政七九～九九信箱
時報悅讀網—http://www.readingtimes.com.tw
電子郵件信箱—liter@readingtimes.com.tw
印刷—盈昌印刷有限公司
初版一刷—二〇〇〇年八月一日
初版十一刷—二〇一七年五月十九日
定價—新台幣一六〇元
（缺頁或破損的書，請寄回更換）

時報文化出版公司成立於一九七五年，
並於一九九九年股票上櫃公開發行，於二〇〇八年脫離中時集團非屬旺中，
以「尊重智慧與創意的文化事業」爲信念。

Printed in Taiwan

ISBN 978-957-13-3174-0

國家圖書館出版品預行編目資料

白河夜船　/ 吉本芭娜娜著；吳繼文譯．-- 初版．-- 臺北市：時報文化，2000〔民 89〕
面：　公分．--　（藍小說；805）

ISBN 978-957-13-3174-0（平裝）

861.57　　89009316